Vodácké duše

vodácké povídky
vítězů literární soutěže

Ilustrace © Pavel Talaš
ISBN 978-80-88298-04-5

Vodácké duše

vodácké povídky

Předmluva

„Hele, támhle plave petka, vylovíme ji," točím to k druhému břehu a v duchu se stydím za všechny lahve, které uplavaly mně, když jsem si je nepřivázal k lodi a pak se cvakl. Některé se možná teď točí ve skvrně plastů o velikosti Španělska mezi Kamčatkou a Aljaškou. Klára loví žabincem obalené svinstvo a pleskne s ním do lodi. A to ji večer bude jako ideální háček sama od sebe vytírat…

„Do vlastního půllitru vám to nenatočím," povídá přežvykující brigádnice ve velkozpracovně vodáků a cpe mi plastový kelímek. „Tak nic," nechávám si zajít chuť a mířím k lodi, abych vyrazil dřív než DAV.

Viděl jsem letos dvakrát mrtvolu řeky. Stružka bez vody si prodírala cestu bahnem, hromadami plastu, plechovek a domovního odpadu. Mé vodácké srdce z toho pohledu krvácelo. Byly to řeky, jejichž duše už vyvanula. A zcela jistě nebyly poslední.

Ty naše ji ještě mají. Zurčí a šumí a poskakují mezi kameny a přinášejí nám čirou radost, chvíle, které doufám zapomenu jako poslední. Starejme se o ně, dokud je čas. Ať mají co sjíždět i vaše děti a ať to pořád stojí za to!

Pígo

Pokoj vodácké duše

„Až jednou umřu, chtěl bych mít pohřeb jako vikingskej bojovník," zasnil se Kormorán při pohledu na říční hladinu malovanou večerním sluncem a obcházel při tom kánoe složené na břehu. „Uložili by mě do lodě, dali do ruky pádlo, pod hlavu lodní vak a k nohám kytaru, spustili by mě na řeku a pak by moji kamarádi vystřelili hořící šípy a tu loď i s mým tělem podpálili. To by se mi líbilo."

„Já ti nevím," potřásl hlavou Robin a zatloukl další stanový kolík. „Dneska jsou ty lodě samej plast, jen si představ, jak bys tím zaneřádil řeku. Lepší by bylo nechat se zakopat v kánoi do země a na to navršit nějakou pořádnou mohylu. Zámožnějším vikingskejm jarlům tam prej přihodili i pár obětovanejch krasotinek, aby se ve Valhalle nenudili. Bylo by fajn si takhle navěky ležet v lodi. Ty mrtvý ženský bych k tomu ani nepotřeboval."

„Navěky těžko," oponoval mu Sekáč od druhého konce rozprostřeného stanu, „zapomínáš na vykradače hrobů. A taky na archeology. Ne, ne," rozjímal a zároveň se pokoušel sestavit stanovou tyč, „to chce jedině spálit. Ale ne na řece, to radši v řádný spalovně. Do vody pak jenom rozprášit popel. Někdo by k tomu mohl zahrát něco tklivýho na kytaru a já bych pokojně splynul s řekou jako Indové s matkou Gangou."

„To je zase téma," zakoulel očima Ondráš a zapil tu pohřební náladu pivem vychlazeným říčními proudy. „Vážně tam nemáte něco veselejšího?"

„Ale tohle je přeci podstatný," bránil se Kormorán, „poněvadž konec je nevyhnutelnej. Copak tě nezajímá, kde pak spočinou tvoje vodácký kosti?"

„Ne, to je to," rozesmál se Sekáč dřív, než Ondráš mohl odpovědět. „Dyť on už to ví."

„A jo," svitlo Kormoránovi. „On si tu řeku z nás všech po smrti užije asi nejvíc, co?"

Ondráš nechápavě vzhlédl, načež si povšiml, jak na sebe jeho kamarádi pomrkávají.

„Vy jste ale pitomci," povzdychl si, když mu došlo proč. „To vás to pořád ještě baví?"

„To víš," pokrčil rameny Robin, „umíráme zvědavostí, jestli se to vážně stane."

„Připomenu vám to, až s Annou oslavíme zlatou svatbu," ušklíbl se Ondráš.

„Kéž by, kamaráde," pokýval vážně hlavou Kormorán a Ondráš se zamračil. Na ně na všechny. Dopil pivo a zdvihl se. Raději snad vyrazí za děvčaty sbírat dříví.

„Beztak jenom závidíte," prohlásil důstojně. „Nikdo z vás v lodi nikoho takhle pěknýho v životě neměl."

„To ne," souhlasil Robin a jeho háček Sekáč po něm dotčeně loupl okem. „Ale já aspoň vím, že můžu svýmu parťákovi důvěřovat. Můžeš to samý říct ty o Anně?"

„Já jí věřím," nasadil Ondráš přesvědčený výraz. „Jsou to jenom samý povídačky."

„Kéž by, kamaráde. Kéž by," zopakoval Kormorán.

Jeho prorocký tón zněl Ondrášovi v uších i nyní, téměř o dva dny později, když v tiché ranní mlze pomalu krájel kánoí nehybnou hladinu rybníka Rožmberk. Tehdy večer na Majdaleně o Anně nepochyboval. Tak proč se teď plíží z jejich tábořiště u Staré Hlíny, jako kdyby jí ukradl památeční kytaru po babičce? Kdy přesně se to nadšení ze skutečnosti, že si v suchdolské hospodě tahle nádherná holka s nenucenou samozřejmostí zajistila volné místo háčka v jeho kánoi, změnilo v podezření, že právě ona je tou tajemnou říční pannou, která stahuje osamělé vodáky na dno Lužnice? Ať už tomu vyprávění od táborových ohňů o vodnici z rybníka Rožmberk věřil anebo ne, v jednom měl jasno – že z Anny nemá dobrý pocit. Už jí nechtěl být nablízku.

Každým záběrem pádla zvětšoval vzdálenost mezi nimi a doufal, že než se Anna vzpamatuje a zjistí, že zmizel, bude on už brázdit říční tok daleko za hrází rybníka. Spala totiž ve vlastním stanu, a tak se mu podařilo sbalit si celtu a ostatní věci a proklouznout s lodí na řeku, aniž by se probudila. Což vzhledem ke štědré porci prášků, které včera spolykala, nebylo příliš obtížné. Beztak bude lepší, když s tou čerstvě zašitou nohou raději odjede domů, než aby s ním pokračovala dál po řece, říkal si, a marně tím zaháněl trapný pocit, který mu dřepěl na hrudníku jako kánoe na písečné mělčině. Rozumově nezpochybňoval, že to děvče je úplně v pohodě. Rozum ho dokonce nabádal omlátit si hlavu o nyní prázdnou sedačku háčka, neboť příležitost být na vodě nebo kdekoli jinde nablízku tak okouzlujícímu stvoření už pravděpodobně nikdy nedostane. Jenže Ondráš dal na svůj šestý smysl a ten mu radil držet si od Anny a od všeho, co s ní souvisí, patřičný odstup.

Sám pořádně nevěděl, co se změnilo. Nedělal si nic z narážek, vtípků a varovných poznámek, jimiž se bavili jeho kamarádi. V posledních letech tolik populárním duchařským historkám o tajemné dívce, která si pod hrnečky na dně Rožmberku schovává duše utonulých vodáků, se jen ušklíbal – na Lužnici i ostatních řekách vodáci umírali a zřejmě vždycky umírat budou. Anna mu nicméně připadala jako fajn holka a z jejích půvabů se mu tajil dech dokonce i ve chvíli, kdy předešlého dne najeli na potopený kmen, cvakli se a ona si poranila nohu zachycenou mezi větvemi a kameny na dně řeky. Jakmile dorazili do Staré Hlíny, Ondráš s ní i přes její protesty vyrazil na pohotovost do Třeboně a nedbal ani toho, že se tak oddělí od party, která pokračovala dál do kempu Lužnice.

Anny se přece nemohl vzdát, říkal si, vždyť se v Suchdole zjevila doslova jako dar od vodáckého pánaboha právě v okamžiku, kdy mu jeho obvyklý háček s výmluvou na práci vodu na poslední chvíli odřekl. Jenže pak nastal zlom v jeho nazírání na ni, a to když ji chtěl se zašitou a ovázanou nohou posadit v Třeboni na autobus a s lítostí ji poslat domů. Lékař ji kvůli možné infekci důrazně varoval, aby se už na Lužnici nepouštěla, a Ondráš to považoval za naprosto pochopitelné a správné. Co ale nechápal, byla Annina reakce. Nejdřív doktorovy rady zlehčovala a požadovala, aby se vrátili do Staré Hlíny a vydali se za Ondrášovou partou. Ondráš nesouhlasil. Mohou spolu jet na vodu jindy, až se jí rána zahojí, ale tohle nebude riskovat. Lužnice není žádná přehlídka průzračně čisté vody horských potůčků a lesních studánek. Anna však trvala na svém. A když se jí ho nedařilo přesvědčit, předvedla mu takovou scénu, že se s ní už raději nehádal a odvezl ji zpět k řece.

Bylo příliš pozdě pouštět se na Rožmberk, a tak se utábořili spolu s dalšími vodáckými opozdilci na pozemku jednoho z místních. Ondráš ležel pod celtou a poslouchal, jak se Anna vedle ve stanu převaluje a cosi si pro sebe ze spaní rozrušeně mumlá. A jeho představivost se rozjela rychlostí světla z hvězd, které mu zářily nad hlavou. Proč neodjela domů? Proč tolik trvala na tom, že musí být zítra s ním? Dokonce to v jedné chvíli i sama řekla – přes Rožmberk nemůžeš jet sám! Jasně, pádlovat osamoceně v kánoi přes celý ten obrovský rybník byla trochu otrava, ale co když tím myslela něco jiného? Každý příběh se alespoň zčásti zakládá na pravdě, takže co když ta vraždící dívka doopravdy existuje? Co když je Anna psychopatka, která nejdřív lstivě oddělí vyhlédnutou oběť od ostatních a pak ji zákeřně utopí?

A právě tahle poslední myšlenka způsobila, že se Ondráš po probdělé noci krátce před svítáním sbalil a prosmýkl se na řeku. Kormorán, Robin, Sekáč a zbytek party budou určitě vyspávat do poledne po včerejších kilometrech. Jestli bude dost rychlý, možná je zastihne, jak balí stany, a znovu se k nim připojí. Anna si o něm v lepším případě pomyslí, že je nezdvořák, srab a nebetyčný pitomec, a pak odjede domů a noha se jí pěkně vyléčí. V horším případě je to skutečně psychopatka a půjde si vyhlédnout další oběť. Ondráš nicméně pevně doufal, že je jen paranoidní a že žádní další utonulí vodáci hned tak nebudou. On sám vodácký pohřeb prozatím neplánoval. Vikingský ani jakýkoli jiný.

Byl už téměř v polovině rybníka a pomalu se začínal uvolňovat. S rozkoší nořil pádlo do nehybné temné vody a zanechával za sebou úzký vějíř vlnek a vodních vírů. Zhluboka nasával chladný ranní vzduch s příchutí rybničního bahna a skrz výdechy mlhy zlacené stoupajícím sluncem netrpělivě vyhlížel hráz, která ho od Anny nadobro oddělí.

Když se pod přídí ozvala dutá rána a loď se divoce zakymácela, zprvu nechápal, co se děje. Kánoe zřejmě najela na nějaký kus stromu plovoucí na hladině, napadlo ho vzápětí, pak ale pocítil další silný náraz, loď se prudce zastavila a Ondráše to málem vystřelilo přes palubu. Překvapeně vykřikl, instinktivně se zapřel koleny a s pádlem ve vodě se snažil obnovit rovnováhu. Co to, zatraceně…? Jenže než dokázal dokončit myšlenku, přišel náraz ze strany. Loď se nahnula do nesmyslného úhlu a Ondráš se kvapně pokoušel srovnat ji zpět. Střílel očima dokola ve snaze spatřit domnělou překážku – to tady natloukli do dna nějaké kůly, nebo co? Zvolna zabral pádlem vzad s úmyslem nástrahu objet, když náhle cosi vrazilo do kánoe přímo pod jeho sedačkou, záď se nadzdvihla, celá loď se naklonila na bok a vyklopila Ondráše rovnou do rybníka.

S proudem sprostých nadávek dopadl do vody a plácal kolem sebe rukama, aby se udržel na hladině. Mnohem barvitější slovník pak použil ve chvíli, kdy se otočil ke kánoi a zjistil, že se poraženecky vznáší ve vodě dva metry od něj dnem vzhůru.

„Ne, to ne, do háje!" zaúpěl zničeně, doplaval ke kánoi, chytil se jí a očima propaloval kalnou vodu pod sebou. Pak ji opatrně prozkoumal nohama. Ne, žádné kůly, ani kmen plovoucí ve vodě. Tak co to sakra bylo?

Rozhlédl se kolem sebe. Všude jen voda hladká jako sklo. K nejbližšímu rákosí přes půl kilometru. Ondráš proklel všechny říční bohy a odevzdaně se zadíval na převrženou loď. Pokusit se ji obrátit, doufat, že při tom nenabere moc vody a nepotopí se, a pak se krkolomně nasoukat dovnitř? Nebo to neriskovat a odtáhnout ji ke břehu? Jak dlouho mu to tak může trvat?

„Tohle snad není možný," zahudroval do ranního poklidu. „Já jsem ale takovej vůl!"

Pokus upláchnout Anně vyhlížel v nastalé situaci jako naprostá pitomost.

Ondráš se opřel čelem o kánoi a zhluboka dýchal. Uklidni se, nařizoval si, o nic přece nejde. Trvalo však dost dlouho, než si přestal nadávat do hlupáků a byl schopen znovu logicky uvažovat. Naposledy si povzdychl a obeplaval kánoi. Nečekal, že by ji se zátěží věcí, které měl uvnitř přivázané, dokázal otočit zpět, ale musel to aspoň zkusit.

Pak se něco dotklo jeho lýtka.

Překvapeně vyjekl a prudce vykopl nohou. Ryba? Tráva? Ten proklatý kůl? Ucítil ve vodě pod sebou pohyb, žádný kůl! Málem si ukroutil hlavu, jak se snažil opsat pohledem dokonalý kruh. Hladina se zvlnila a cosi se otřelo o Ondrášův bok. Instinktivně ucukl a jeho vyděšená mysl se jala zpochybňovat nepřítomnost žraloků v jihočeských rybnících. Ruce se křečovitě zachytily lodi a nohy horečně šlapaly vodu. Šestý smysl se rozehřál a Ondráš v hlubině vytušil cosi nebezpečného. Hlavně zůstat v pohybu, především se nenechat chytit, letělo mu hlavou. Marně. Cosi se omotalo kolem jeho stehen a stlačilo je v drtícím objetí. Ondráš sebou házel a škubal, mrskal se a kroutil, avšak nedokázal odolat síle, která ho začala neúprosně stahovat pod vodu. Pevněji zaklesl prsty do boku kánoe, ale stihl se sotva nadechnout, a už pohlížel na hladinu zespodu a ruce se marně natahovaly ke vzdalujícímu se obrysu lodi.

Bojuj! Mozek zavelel a Ondráš odlepil zrak od slábnoucího světla. Pohlédl dolů – musím se osvobodit, volala jeho mysl, plavat vzhůru! Zaúpění, které v ten okamžik uniklo jeho sevřenými rty, mu připomnělo nářek vězně s roubíkem v ústech a pistolí u spánku. Nezáleželo na tom, zda je Anna psychopatka nebo vodnice – teď byla tady a chtěla ho zabít. Visela na něm, v očích pohled šílence a její objetí bylo studené, smrduté a slizké. Ondráš zahlcený hrůzou znásobil svoje úsilí, chtěl se vytrhnout, pral se a kopal, vyvracel jí prsty z kloubů, rval ji za vlasy, tlačil jí palce do očních důlků, Anna ho však držela pevně a její váha ho stahovala ke dnu. Zoufale se zadíval nahoru, kde se svěží ráno měnilo v hnědozelené šero, slunce se stalo vyhasínající lampou a z kánoe zbyl jen matný stín.

Nebo byly ty stíny dva? Tři?

Ondráš stěží vnímal, jak se hladina nad ním rozvlnila. Viděl jen, že se k němu někdo blíží, a vztáhl ruce, zachraň mě, prosím! Vzápětí ucukl, neboť se v jeho zorném poli opět objevila Anna, jenže tahle Anna byla jiná – hřejivá, hladivá a hebká, ne jako ten odporný nazelenalý přízrak, který ho dosud svíral v kleštích. Doplavala k nim a bez zaváhání ho začala páčit z objetí svojí dvojnice. Ta se bránila, kousala a chňapala po nich, jakmile však pochopila, že prohrává, vyrazila ze sebe pištivý, skřípavý zvuk otevírané říční škeble a Ondráš byl najednou volný. Útočnice ještě stačila udělat na skutečnou Annu několik zuřivých posunků a pak zajela zpět do hlubin.

Několik prudkých temp vyneslo Ondráše na hladinu, tam se chytil kánoe, prudce se rozkašlal a dávil ze sebe vodu, která mu během zápolení vnikla do nosu.

„Co to...?!" zaskřehotal, když se vedle něj vynořila Anna, ale ta jen máchla rukou:

„Do lodě, dělej! Musíme rychle na břeh!"

Nevzpomínal si, jak ji vysadil do kánoe, která se tu zjevila kdoví odkud, a netušil ani, jak se tam dostal on sám. Nevnímal, jak Anna přivazuje jeho loď do vleku, prostě jen popadl pádlo a píchal do rybníka jako stroj, jeden záběr za druhým. Nedivil by se, kdyby v ten den zajeli světový rekord na stojaté vodě, než se konečně protlačili rákosím do malé zátočiny. Ondráš se z posledních sil vytáhl z lodi na břeh, lapal po dechu a prskal kolem sebe.

„Co to k čertu bylo?" vyplivl ze sebe s várkou vodních řas a zaostřil na Annu, která vyčerpaně klesla vedle něj, opírala se rukou o loď a zhluboka oddychovala. Měl dojem, že její obličej není mokrý jen od rybniční vody.

„Topil ses," sípala mezi nádechy. „Měl jsi nohu zaklíněnou pod kamenem. Vytáhla jsem tě ven. Kdybych si nepůjčila loď od těch lidí, co spali vedle nás, a nepustila se za tebou hned, jak jsem zjistila, že ses vypařil, byl bys tam zůstal," dodala vyčítavě. „To já bych se měla ptát, co to k čertu mělo znamenat!"

„Nedělej ze mě pitomce, Anno," pustil se do ní, „já to viděl! To nebyl žádnej blbej kámen, byla to nějaká ženská a pokoušela se mě utopit! A ty ses s ní servala, aby mě nechala bejt!"

„Nejspíš potřebuješ doktora," prohlásila Anna, ale hlas se jí chvěl a do očí se mu nepodívala. „Podle všeho ses pěkně nalokal vody. Vykládáš nesmysly. Jakápak ženská, prosím tě. Byla jsem tam jenom já a zachránila tě. Nemusíš mi děkovat," neodpustila si jízlivě.

Ondráš zlostí přimhouřil oči.

„Vím, co jsem viděl. A nezlob se na mě, ale vypadalo to, jako kdyby mě chtěl někdo proklatě podobnej tobě stáhnout ke dnu. Někdo, s kým ses podle mě dost dobře znala. Takže mi vysvětli, co se tady děje, nebo volám policajty," zahrozil, vstal a přešel k lodnímu vaku, který naštěstí zůstal přivázaný v jeho kánoi.

„Jsi blázen! Nebýt mě, bylo by teď po tobě! A zdá se mi, že ti z toho teda pěkně hrabe," prskala Anna, jala se přecházet po břehu a v rozčilení si vcelku nesmyslně oklepávala z mokrého oblečení bahno.

Pokrčil rameny a prsty se dotkl zapínání vaku. Napruženě ho pozorovala. S pohledem nemilosrdně upřeným do jejích očí vytáhl mobil a přejel prsty po displeji.

„Fajn," zastavila se uprostřed kroku a zdvihla ruce. „Vzdávám se! Jen tady s tím, prosím tě, přestaň machrovat."

Znenadání vystřelila kupředu a pokusila se mu mobil sebrat, když ale pohotově uhnul, netrpělivě si povzdychla a založila ruce v bok.

„Stejně mi nebudeš věřit. Jako ostatní z té vaší party."

„Zkus to," vybídl ji. „Zrovna mám za sebou nejděsivější a nejpodivnější zážitek, jakej se mi kdy stal. Jsem momentálně otevřenej jakýmukoli vysvětlení, který bude dávat smysl."

„Dávat smysl. No právě," zahučela Anna. Nerozhodně přešlapovala a s pohledem upřeným na rybník si prsty projížděla blátem slepené vlasy. Pak se k němu obrátila.

„Byla to moje sestra," pronesla pomalu, váhavě. „Dvojče. Kvůli tomu ta podoba."

Ondráše zamrazilo. Anna vrazila ruce do kapes a mlčky okopávala zválené rákosí. Do vysvětlování se nijak nehrnula.

„A dál?" pobídl ji a uvědomil si, že se vlastně ani nestydí za svůj roztřesený hlas.

„Před několika lety se utopila. Přesně tam," kývla k rybníku. „A od té doby…" Znovu umlkla a škubla rameny s posmutnělým výrazem ve tváři.

Popošel k ní a tázavě naklonil hlavu.

„Pak tady postupně přišli o život tři kluci," navázala tiše. „U toho prvního jsem si říkala – je to fakt smolný místo. Když se to za měsíc přihodilo znovu, napadlo mě – to je ale blbá náhoda. Jenže další rok se to stalo potřetí. To už jsem měla podezření, zvlášť když se začaly šířit ty báchorky o vodní panně. Uvažovala jsem dokonce, že najmu potápěče, Andreino tělo se totiž nikdy nenašlo. Ale vyřešilo se to samo. Na podzim rybník vypouštěli kvůli výlovu – tenkrát se to dělávalo jen jednou za dva roky. A tehdy ji objevili – narazili na ni pod silnou vrstvou bahna. Vypadala mimořádně zachovale, s její identifikací jsem neměla problém," dodala a ušklíbla se jeho znechucenému pohledu.

Ondráš se otřásl a pokoušel se zapudit vzpomínku na mrtvolný dotyk zelenkavé kůže.

„Říkala jsem si, že tím by se to snad mohlo vyřešit, ne? Znáš ty horory – oběť terorizuje lidi v místě svojí smrti tak dlouho, dokud není nalezeno její tělo a není řádně pohřbená, nejlépe do vysvěcené půdy."

„No, v některejch filmech musíš to tělo ještě navíc prostřelit stříbrnou kulkou nebo probodnout kůlem," vypustil bezmyšlenkovitě z pusy a chvíli mu trvalo, než zachytil její dotčený výraz. „Promiň. To nebylo zrovna vkusný."

„Každopádně to nepomohlo," pokračovala Anna. „Následující rok se tu utopil další kluk. Tak jsem se rozhodla, že tady budu hlídkovat. Vzorec, podle kterého si vybírá oběti, je totiž pořád stejný – chlap na kánoi bez háčka, který jede úplně sám, anebo sice s partou, ale na stojaté vodě rybníka je pomalejší a zůstane pozadu. Začala jsem tedy obcházet hospody nad Rožmberkem a nutit se samotářům do lodí. Což nebylo zas tak složité."

„To si umím představit," zkřivil Ondráš rty při vzpomínce na svoje vlastní nadšení, když mu tahle kráska usedla do lodě.

„Párkrát jsem měla pocit, že ji vidím pod hladinou, ale když jsem byla v kánoi já, nikdy se ničeho neodvážila. A tak se snažím být tady na řece, co nejvíc to jde."

Ondráš ztěžka dosedl na zem a přemítal o tom, co vyslechl. Pak potřásl hlavou.

„Hele, nechci tě zrazovat od tvejch ušlechtilejch úmyslů, ale ty mezery ve svým plánu vidíš přece sama. Dobře, mě jsi dneska zachránila a možná i pár kluků v minulejch letech. Ale fakt všechny? Kde máš záruku, že tady naštvanej duch tvojí sestry, nebo co to vlastně je, za pár hodin nevystartuje po dalších lidech? Nemůžeš bejt přeci všude."

„To sice nemůžu," pohodila vzdorně hlavou nad jeho pochybnostmi, „ale samotných chlapů na vodu zas tolik nejezdí. A ona si navíc vybírá výhradně ty zrzavé."

„Díky. Hned se cejtím líp," zabručel a raději nepřemýšlel o tom, že se právě se vší vážností baví o existenci strašidla v místním bahňáku. Takovým zkazkám se odjakživa vysmíval. Zvláštní, jak zážitek blízký smrti dokáže člověku změnit perspektivu.

„To si neber osobně," řekla Anna. „Její přítel, s nímž toho dne seděla v kánoi, byl zrzek. Nejspíš je to z její strany nějaká pomsta všem zrzavým chlapům na Lužnici za to, že jí jeden z nich nepřišel na pomoc, když ho potřebovala."

„A to ti nepřipadá podezřelý?" podivil se. „Co když ten její přítel naschvál převrátil loď a vlastnoručně Andreu utopil?"

„To neznáš Marka," namítla Anna. „Byl do ní blázen. Ten by nepoškrábal ani barvu na její kánoi, natož aby ublížil svojí Andrejce. I na tu vodu jezdil jenom kvůli ní, přestože sotva umí plavat. Ten den měl štěstí, že se sám neutopil. Strhla se prý hrozná bouřka, vichr lámal stromy… Nejdřív si mysleli, že to v pohodě stihnou k hrázi, jenže víš, jaké se na Rožmberku dělají vlny, jakmile pořádně zafouká. Svědkové navíc vypověděli, že blízko jejich lodě sjel do vody blesk. Převrhli se,

Anna už nevyplavala a Marek strávil tři měsíce v kómatu. Od té doby na vodě nebyl."

„No, ne každýmu vrahovi vyjde všechno podle plánu," nevzdával se Ondráš myšlenky na zločin, poněvadž přemýšlet o cizí vraždě mu připadalo z hlediska vlastní psychiky jednodušší, než si připustit, že on sám byl před malou chvílí v ohrožení života. „A tvoje sestra je zřejmě o jeho vině přesvědčená. Proč by tu jinak vraždila osamocený zrzavý kluky?"

Anna nerozhodně pohodila rameny a pak mu pátravě pohlédla do tváře.

„Takže ty mi věříš? Nemyslíš si, že jsem se zbláznila? Připadá mi, že se můj bývalý život kamsi vytratil a nevidím východisko. Přes rok učím ve škole a o prázdninách pendluju mezi Suchdolem a Rožmberkem. Občas si připadám, jako kdybych žila úplně mimo realitu."

„Upřímně, radši bych si namlouval, že můj mozek v blízkosti smrti spustil nějaký chemický reakce, který mi zatemnily mysl a vyvolaly halucinace," připustil Ondráš. „Ale tak mimo jsem zase nebyl. A ty mi asi můžeš dokázat, že ti chlápci tady fakt umřeli, že jo?"

„Znám jejich totožnost a na internetu se dají najít fotky a informace o těch událostech," přikývla.

„A ten její přítel tohle všechno ví?"

„S Markem se moc nestýkáme," zavrtěla Anna hlavou. „Odmítá se o tom bavit."

„Kolik že těch mrtvých dohromady bylo?" zeptal se Ondráš.

„Pokud vím, tak šest," shrbila se unaveně. Pak si povšimla jeho šokovaného výrazu. „Nemůžu být přeci všude!" vyhrkla a hlas se jí zlomil. Chvíli ji zamyšleně pozoroval, pak došel k ní a neohrabaně ji objal kolem ramen.

„No, já myslím, že Marek se o tom musí dozvědět," zkonstatoval. „A to co nejdřív."

Po událostech toho rána Ondráš původně nezamýšlel se na Rožmberk ještě někdy vracet. A přesto tady byl, ani ne o dvacet čtyři hodin později, a tentokrát s Annou na přídi. A rovněž s Markem, který odevzdaně seděl na dně kánoe mezi nimi a viditelně se třásl strachy.

Večer předtím za nimi Andrein bývalý přítel kupodivu přijel do Staré Hlíny – neochotně, ale přijel. Do telefonu mu řekli jen to nejnutnější a zbytek se dozvěděl na místě. Anna měla jména a Ondráš mobilní internet. Fotky z dosud funkčních facebookových profilů před nimi defilovaly jako přehlídka duchů, všichni byli hubení, bledí, zrzaví a od Marka na pár metrů prakticky k nerozeznání. Zvlášť pro někoho tak krátkozrakého, jako byla Andrea, jak Anna neváhala připomenout. Při pročítání okolností jejich utonutí bylo téměř s podivem, že si dosud nikdo jiný nepovšiml podobnosti těch jednotlivých případů. Našli dokonce jméno dalšího utopeného vodáka, který zemřel brzy na jaře, kdy se Lužnice ještě oficiálně nesjíždí. Anna o něm do té doby neměla tušení a dlouho pak seděla zaraženě u stolu s hlavou v dlaních a opakovala, že tohle už dál dělat nemůže, že to prostě nezvládne.

Ondráš očekával, že se Marek bude bránit, vynadá jim do bláznů a odjede domů dřív, než mu s Annou stihnou přednést svůj návrh. Marek byl však nečekaně zamlklý a nakonec jen rezignovaně přikývl na souhlas.

„Jistě, že s vámi pojedu," pravil tiše a Anna s Ondrášem si vyměnili překvapený pohled. „Celou dobu jsem tušil, že se tomu nakonec nevyhnu. Co se má stát, tomu nikdo nezabrání, je to prostě osud," dodal a oni mu to nevymlouvali.

„Nedovolíme, aby se ti něco stalo," dušoval se místo toho Ondráš a Anna horlivě přikyvovala. Marek se jen smutně pousmál.

A teď seděl pobledlý a nevyspalý mezi nimi a kmital očima zleva doprava, jako kdyby čekal, odkud na něj dopadne smrtící úder. Rožmberk byl stejně zamlžený, tichý a nehybný jako předešlého rána. V tom poetickém klidu se ale skrývala hrozba, kterou všichni tři cítili, třebaže za jiných okolností by něco takového nepřiznali. Jak se vzdalovali od břehu, napětí narůstalo, až nakonec vibrovalo vzduchem jako přetažená struna od kytary.

„Tak co je?" zašeptal Ondráš poté, co dojeli na místo nehody a začali kolem něj opisovat kruhy. „Myslíte, že nás vidí?"

„Vidí," špitla Anna. „Vyčkává. Co děláš?" obořila se vzápětí na Marka, který se nadzdvihl v lodi a divoce se rozhlížel kolem.

„Slyšel jsem, že mě prý hledáš!" zakřičel do prostoru. „Tak si poslouž, jsem tady!"

Ondráš s Annou na sebe vytřeštili oči leknutím a popravdě taky trochu strachy.

„Hele, myslíš, že je rozumný ji takhle provo–" začal Ondráš, ale nedořekl.

Nejdřív spatřili, jak se její ruce kluzké od bahna a rybničních řas zavěsily na bok lodi, a v další vteřině už byla kánoe pod vodou a oni hledali co nejrychleji cestu zpět na vzduch.

„Kde je?" zařvala Anna, sotva se vynořila na hladinu.

„Nevím!" šlapal Ondráš vodu a rozhlížel se kolem. „Byla jako blesk!"

„Já myslím Marek!" křičela Anna. „Kde je Marek?"

„Do háje," zatrnulo Ondrášovi, neváhal však a ihned se potopil pod loď. Hledal, šátral rukama, plaval s hlavou pod hladinou a pokoušel se proniknout zrakem do hlubin rybníka.

„Nevidím ho!" hlásil Anně, jakmile byl schopný opět promluvit.

Anna se několikrát zhluboka nadechla a zajela pod vodu. Vyrazil za ní. Bylo děsivé znovu klesat k rybničnímu dnu, vidět tu žlutozelenou vodu, která postupně hnědla a černala, a vzdalovat se od spásného slunečního světla. Ale nevzdávali se. Vzhůru, nadechnout a zpět pod hladinu, zadržet dech co nejdéle a pátrat po tom, kterému už vzduch nejspíš zatraceně chyběl.

„Anno, počkej!" Ondráš ji nakonec zachytil před dalším ponořením a obrátil ji k sobě. „To nemá cenu. Je to už moc dlouho!"

„Musíme ho najít!" ječela nepříčetně. „Nenechám ho tady umřít, rozumíš?" Chtěla se mu vysmeknout, ale Ondráš ji držel pevně. Nejdřív do něj bezmocně bušila pěstmi. Pak se rozbrečela. „Slíbili jsme mu to!"

„Já vím," vydechl, objal ji a cítil, jak se celá otřásá vzlyky.

Zašplouchání vody na druhé straně kánoe si zprvu ani nepovšimli.

„Hej, lidi," ozvalo se pak za lodí vyčerpaně, až sebou škubli a nevěřícně se do sebe zaklesli očima. „Jste v pořádku? Jestli jo, tak já bych odsud docela rád vypadnul."

Hospoda ve Staré Hlíně byla kolem poledního plná rozjařených vodáků chystajících se na cestu přes Rožmberk a pak dál po Lužnici. Ondráš, Anna a Marek seděli u stolu stranou od ostatních a připadali si, jako kdyby do toho bezstarostného vodáckého světa ani nepatřili. Jednoho kluka dokonce zaslechli vyprávět historku o zdejší zákeřné vodní panně.

„Ale je krásná, povídá se," zakončil tajuplným tónem. „Žádný vodák jí neodolá."

Ondráš stiskl rty a pohladil Annu po chvějící se ruce. Marek mlčky sklopil hlavu.

„Promiň, že jsme ji nechali, aby tě stáhla dolů," obrátil se k němu Ondráš.

„Opravdu?" zdvihl Marek koutek úst. „Takže v tom nebyl žádný vedlejší motiv? Že když třeba Andrea utopí toho správného, tak bude konečně spokojená?"

„To není pravda!" vyhrkla Anna dotčeně. „Doufali jsme, že byste si spolu mohli, já nevím, prostě nějak promluvit. Že jí dáš najevo, jak je ti líto, že ona umřela a tys zůstal naživu. Že za to ale nemůžeš. Ty ani nikdo jiný. A že by za to neměla vodáky trestat."

„Jo. Jenže ona to byla moje vina, chápeš?" hlesl Marek a unaveně zavřel oči.

Ondráš strnul a Anně se očividně opět nedostávalo vzduchu.

„Nejsem dobrý plavec a Andrea to věděla," navázal Marek a oni z něj nespouštěli zrak. „Přišla bouřka a děsný vlny, převrhli jsme se, já se napil vody a zpanikařil jsem... Nic z toho mě samozřejmě neomlouvá," potřásl hlavou zničeně. „Chytil jsem se jí, abych se dostal nad hladinu. A pak jsem se za každou cenu chtěl udržet nad vodou, a tak jsem ji strhl pod sebe. Popadl jsem dech a nakonec jsem se nějak doplácal ke břehu. Ona už ale nevyplavala."

Nyní již Anna otevřeně plakala. Ondráš jí tiskl dlaň ztuhlými prsty.

„Andrea pro mě byla všechno," řekl Marek. „Proto jsem s vámi jel. Abych to odčinil a ona konečně našla klid. I kdyby mě při tom měla utopit. Protože jsem se od té doby pořád ptal, jak jsem mohl zabít někoho, na kom mi záleželo nejvíc v životě."

„Ty jsi ji přece nezabil," oponoval mu Ondráš. „Každej záchranář ti potvrdí, že instinkty topících se lidí jsou nesmírně silný. Když bojuješ o přežití, uděláš všechno, aby ses zachránil. I na úkor jinýho člověka," pokoušel se Marka utěšit, on však jenom pokrčil rameny.

„Víte, co bylo zvláštní?" ozval se potom. „Ono to vlastně ani nevypadalo, jako kdyby mě chtěla utopit. Dělala prostě to, co tehdy já – snažila se dostat z vody. Za každou cenu. A já ji tentokrát nechal. Nebránil jsem se. V té chvíli, myslím, pochopila, že uznávám svou chybu. Pustila mě. A snad mi i odpustila."

„V tom případě snad můžeme doufat, že náš plán vyšel," uzavřel Ondráš.

S Annou byl od té doby na vodě ještě mnohokrát. Při každé zprávě o něčím utonutí zádumčivě uvažovali nad tím, kolik

Andree podobných vodních duchů asi v řekách přebývá. Jedno je však uklidňovalo – že toho dne na rybníku Rožmberk pomohli usmířit alespoň jednoho z nich.

Eva Maříková

Obhájce řeky

Dál nám osud karty míchá –
střídá bolest, smích i chvíle ticha…

Něco se mění…

VENDULA MALÁ

A

JAN RICHTER

OZNAMUJÍ
LIDU VODÁCKÉMU I SUCHOZEMSKÉMU…

„To nemyslíš vážně," zasténala jsem nad rozplývající se vidinou civilizovaného svatebního obřadu. „Deset kilometrů v sukni pádlovat prostě nebudu, s tím nepočítej."

„Ty máš sukni?" vyhmátla Vendula neomylně nejožehavější bod příprav.

„Nemám, ale ještě před pěti minutama jsem byla ochotná si ji koupit," očekávala jsem uznání své obětavosti.

„Vidíš," zajásala místo toho, „hned máš o problém míň, jede se v džínách. A pádlovat taky nemusíš, když jsi svědek."

„Ty, Vendy… nezačínáš bejt normální?" zatrnulo ve mně doopravdy.

„Já ne," uchechtla se, „Honza to dal na starost klukům od něj z oddílu."

Tak to mě vážně uklidnilo.

„A že jsi to ty, můžeš si vybrat mezi pramicí a raftem," dorazila mě velkoryse.

Měla pravdu, povedlo se to, usmála jsem se při vzpomínce na konvoj plavidel. I Vojtovi by se to líbilo. *Chybíš mi, parťáku,* rozčísla jsem prsty průzračnou vodu.

„Až budu velká, taky se budu vdávat na lodi," nepřestala Lucinka mávat, dokud bílá kánoe nezmizela v ohybu řeky.

No, to bude Majda štěstím bez sebe, soucítila jsem s kamarádkou předem. „Radši pojď, ty nevěsto, ať tě máma nehledá," vracely jsme se zvolna k hospodě.

„My za chvilku vyrážíme domů, stejně se to pomalu rozchází," už nás vyhlížela. „A Marek začíná bejt mrzutej," předala mladšího potomka Jimmymu a otočila se ke mně: „Jedeš s náma vlakem, nebo autem se Standou?"

„Vlakem," nezaváhala jsem.

Ni-kdy-už-to-ne-bu-de-ta-ko-vý-ni-kdy-už-to-ne-bu-de-ta-ko-vý, vyklepával osobáček do kolejí. *Nic nezůstává stejný,* pokrčila jsem v duchu rameny. *Kromě řeky. Ta jediná se nemění…*

…a něco ne.

„Vendy, neblázni, já nebyla na vodě nějaký tři roky, nebudu vám stačit," statečně jsem odolávala pokušení.

„Tak nás doženeš večer," nepřidalo manželství Vendule rozumu.

„A hlavně – většinu z těch kluků jsem viděla jenom na vaší

svatbě, takže silně pochybuju, že by mě někdo vzal do deblu,“ pokračovala jsem v nepřesvědčivé obraně.

„Kluci jsou v pohodě a zbytek zařídím,“ praštila telefonem jako obvykle uprostřed hovoru.

„Tomuhle mám svěřit svůj křehkej život?“ nevzbuzovala ve mně omšelá singlovka žádné zvláštní nadšení.

„Svůj k svému,“ uchechtla se Vendy. „Něco za sebou už má, to je fakt, jenže nic lepšího mi nechtěli půjčit. Možná si nás ještě pamatujou,“ dodala povzbudivě. „A dělej, kluci jsou tu za chvíli a pak hned vyrážíme.“

Vysloveně protivný sice nejsou, ale stejně jsem radši měla zůstat doma, pozorovala jsem zakřiknutě sehranou partu. *A cos čekala? Že se s tebou budou plácat na Lužnici? Pro ně je to sport*, polil mě studený pot při vzpomínce na dopolední peřeje. *A nebuď nespravedlivá, pomáhaj ti. Jo, přenášet to, co oni sjížděj levou zadní*, neušly mi nenápadné pošklebky Honzových kamarádů. *A že mi sem tam něco ukážou nebo poraděj je sice fajn, ale…*

…ale doopravdy mě mezi sebe nikdy nevezmou. Už jenom proto ne, že se těžko můžu bavit o něčem, co jsem nezažila, mijelo mě u táboráku jejich vzájemné hecování. *A půlku z toho, co hrajou, taky neznám.* „Jdu spát,“ prohodila jsem neurčitě do chvilky ticha.

Nezdržovali mě.

Fakt super dovolená, nachytalo mě časné ráno ztuhlou a mrzutou. *Když vyrazím o chvíli dřív, třeba nebudu večer tak zničená*, naházela jsem poslední drobnosti do barelu a mávla na Honzu: „Pojedu napřed, nevadí?“

„Jak chceš,“ zívl. „Kdybysme tě čistě náhodou tak do jedenácti nedohnali, tak tam na nás někde počkej, pak kus dál je takovej pořádně blbej jez. Sjet se nechá, jenže musíš vědět jak,“ zalezl zpátky do stanu.

No jo, pořád, pane chytrej, odstrčila jsem se od břehu.

Tohle sice taky není špatný, ale není to zdaleka taková sranda, jako když nás jede víc. A chyba nebude tak úplně na jejich straně, vracela mi řeka s dobrou náladou i soudnost.

Hele, to bude on, zpomalila jsem před mohutnou stavbou. *A zas* tak *hrozně nevypadá. Co kdybych...* zadoutnal ve mně večerní vzdor. *Mám... nemám...* ohlédla jsem se po připlouvajících kánoích. *A just jo,* zamířila jsem doprostřed proudu.

Možná to nebyl úplně dobrej nápad, zašimraly mě v břiše studené prsty paniky. *Jestli jí nesrovnám – a jako že ne – jsem v pořádným průšvihu,* ochromil mě strach ze síly, která mě neúprosně stáčela napříč.

Blbče, ty blbče, proč sis ho aspoň neprohlídla, pohltil mě pod jezem zpěněný válec. *Doufám, že mě stihnou vytáhnout,* popohnala jsem Vendulu poslední jasnou myšlenkou.

„S chutí bych ti jednu vrazil," vykašlával Honza vodu. „Cos tím komu chtěla dokazovat, káčo pitomá?"

„Nech ji převlíct, seřveš ji pozdějc," hodila mi Vendy suchou košili. „Bude ti velká, ale tvoje hadry kluci teprv loví," dodala bez úsměvu.

„Jedu domů," nepodívala jsem se jí do očí.

„To těžko," otočila se ke mně zády.

„Sedej," hodil po mně Honza vestu a ukázal na svojí deblovku.

„Ani mě nenapadne," nehodlala jsem se do konce života přiblížit k ničemu, co bude byť jen nepatrně připomínat loď, na vzdálenost menší než pět metrů.

„Vlez – do – tý – keny – teď – hned," zchladl Honzovi hlas do minusových hodnot.

Rozhlédla jsem se po vyčkávajících tvářích. *Vážně chci tohle všechno zahodit?* Nadechla jsem se a natáhla si vestu.

„Fajn, a teď mi řekni, kudy's to chtěla sjet? Prostředkem, že jo?" znal odpověď předem. „Takže propříště – Černej se sjíždí co nejvíc vlevo, jasný? Jdem na to?"

Nestihla jsem ani přikývnout. „Přitáhni!" dolehlo ke mně závojem strachu. „Pořádně! A pádluj! Do prdele, pádluj!!!" probral mě Honzův vzteklý řev z ustrnutí.

„Vylejt, přetáhnout a znova," nařídil dřív, než jsem se stačila vzchopit k odporu.

„Ještě jednou," nenechal mě vydechnout.

„To už by celkem šlo," usoudil po šestém sjezdu. „Jen si to nech," zabránil mi sundat vestu, „vem si ty svý necky, jedeš první."

„Neříkej jí necky," poplácala jsem své omšelé plavidlo po jednom z čerstvých šrámů. „A…" přešlápla jsem rozpačitě, „dík…"

„V pohodě," smazal dvěma slovy všechny spory.

„Dneska se prej někdo z vás šeredně cvaknul na Černochovi?" přilétlo s prvními plamínky ohníčku od vedlejší party.

„Z nás?" protáhla Vendula. „Z nás teda určitě ne, my jsme samí profíci," uchechtla se.

„To musel bejt ňákej blbej amatér," začínala jsem se chytat.

Nad zšeřelou řekou se rozlehl smích. Ještě trochu nesměle se k němu přidal i ten můj.

Někdo zradí…

„Kdy jsi naposled mluvila s Majdou?"

„Letecky někdy minulej tejden, proč?" vrátila mi Vendula otázku.

„Já že jsem jí předevčírem psala, jestli pustí Lucku s náma na vodu, divný, že se vůbec neozvala…"

„Hele," zaváhala Vendula, „nejspíš jsou to jenom drby, ale

kluci párkrát zahlídli Jimmyho s nějakou blondýnou... A vypadali prej dost přítulně..."

„To bude nějaká blbost, posledně se zdáli celkem v pohodě. Ale stejně... V pátek jedu do města, těch třicet kiláků navíc už mě taky nezabije, zajedu k nim..." nešlo mi z hlavy Majdino mlčení.

„Kontrola! Jak to, že nečteš maily?" vybafla jsem na Majdu ve dveřích.

„Tak to sis vybrala ten správnej den," neusmála se.

„Vy se stěhujete nebo co?" zakopla jsem v předsíni o hromadu krabic.

„Krom toho množnýho čísla ses trefila," vyrazila mi dech.

„Co blbneš?"

„Já? Já nic, Jimmyho se zeptej..." umlčela mě hořkost v jejím hlase. „Chceš kafe?"

„Vykašli se na kafe, radši mi řekni, co mu tak najednou ruplo v bedně," nevybavily se mi žádné neshody.

„To nebylo najednou, nějakej čas už nám to moc neklapalo... Jimmy neuznává, že nemůžu každej pátek všeho nechat, hodit krosnu na záda a vrátit se v neděli večer... Že taky někdy musím vyžehlit, umejt okna, dohánět s Luckou anglinu... Pořád jsem věřila, že se to nějak vyřeší... A vlastně vyřešilo, našel si nějakou bloňďatou kravku, co nepotřebuje ani s dětma k doktorovi, ani na rodičovský schůzky..." rozbrečela se.

„Můžu ti nějak pomoct?" věděla jsem, že na tohle není útěcha.

„No nic, změníme téma," vzpamatovala se za chvíli. „Cos to vlastně chtěla v tom mailu? Na počítač jsem fakt neměla čas ani náladu, promiň."

„Snad se nebudeš ještě omlouvat, prosím tě," zarazila jsem ji. „Nic životně důležitýho to stejně nebylo, jenom jsem chtěla vědět, jestli pustíš Lucinu s náma na vodu, ale to už je asi bezpředmětný," zaváhala jsem.

„To teda není," vzchopila se Majda, „už tak jsou z toho dost nešťastný, víš, jak na něm visej, Lucka zvlášť… Dřív bral aspoň ji, teď už na ni taky kašle. Druhá půlka srpna?" sáhla po kalendáři. „Když se daří, tak se daří," luštila přečmárané zápisy, „čtrnáctýho se vrací z tábora a hned v pondělí je máma oba bere na tejden na Moravu, k nějaký svojí vzdálený sestřenici, maj tam statek, koně, krávy, všechno možný…"

„Máma šla do důchodu v ten pravej čas, co?"

„To ti řeknu, nebej jí, tak netuším, co bych s nima celý prázdniny dělala. Ale stejně to Lucce neříkej, zas by to měla zazlý mně. Jako poslední dobou všechno…"

„Lucku můžeme vzít jindy, ale tak mě napadlo… Ty bys jet nechtěla?"

„To jako myslíš s těma cvokama, co tě loni málem utopili, jo? Ani náhodou," otřásla se Majda.

„Za prvý mě zachraňovali…"

„Topila ses? Topila," neřešila detaily.

„Za druhý – Honza bude na nějakým soustředění, takže jedeme s Vendulou samy. Na dva tři dny, jenom takovou pohodovku."

„No…" zaváhala Majda, „možná to není tak úplně blbej nápad… Vyrazit na vandr, vsadím se, že potkám Jimmyho s tou jeho…" spolkla sprosté slovo. „Představ si, že ji klidně zatáhnul do naší starý party," dodala trpce.

„Tak co?"

„Jo, jedu, mám se litovat tady nebo tam," projevila vlažný souhlas.

„S náma nebudeš mít na litování čas," slíbila jsem jí s čistým svědomím.

„Opatrně se mnou, dámy, jako se vzácným porcelánem," pronesla Vendula trochu záhadně, když se uvelebila uprostřed kánoe.

„Co jako já s tím?" obcházela Majda podezíravě pádlo. „Nebyla jsem náhodou pozvaná na odpočinkovou dovolenou?"

„Vždyť jo," souhlasila Vendy ochotně, „nevěřila bys, jak trocha pádlování vyčistí hlavu. Nebojte, holky, budu vám radit," udělala si pohodlí.

„Hele, tady je fajn plácek, jestli chcete, můžeme tu zůstat na noc," projevila k večeru neslýchanou velkorysost.

„Moc se mi tam nechce, co si udělat čistě dámskou jízdu?" nezdálo se Majdě pozvání k vedlejšímu táboráku.

„To se ti sice možná tak úplně nesplní..." prohodila Vendy zase trošku tajuplně, „ale jasně že můžeme zůstat tady..."

Snad není nějak nemocná, tohle jí přece taky není podobný, zostražitěla jsem, když se pečlivě zabalila do deky.

„Tak co Lucka, už se trochu srovnala?" probíraly jsme postupně všechno, na co při krátkých setkáních ve shonu všedních dnů nezbýval čas.

„Je lepší, ale do normálu má daleko," pokrčila Majda rameny.

„Lucka je chytrá holka, časem si to přebere," doufala jsem v pravdivost své útěchy.

„Může bejt tisíckrát chytrá, pořád budu ta, kdo po ní chce úkoly, vynést odpadky, pohlídat Marečka... A věčně mě vidí uštvanou a nervozní... Pak přijde vysmátej Jimmy a vezme je na vejlet... Můžete hádat, kdo je potom ten špatnej... Já chci, aby za nima chodil, ale tohle je strašně nespravedlivý," zlomil se Majdě hlas. „Asi se dneska zlupu," sáhla do barelu pro láhev bílého. „Kdo si dá se mnou?"

„Já určitě ne," odmítla Vendula.

A mně to konečně došlo. „Ty... Vendy... nejsi náhodou...?"

„Náhodou jo," rozzářila se.

„Takže pijem na oslavu," otevřela Majda víno.

Ahóóóóój... souhlasila řeka konejšivým šepotem.

Někdo se narodí…

MAME KLUKA!!!

„Ukaž, nemá zelený vlásky?" sklonila jsem se nad chlapečkem.

„Nemůžu sloužit, zatím je skoro plešatej," uchechtla se Vendy.

„No, kdyby se to projevilo pozdějc, můžeš tvrdit, že zplesnivěl," pohladila jsem opatrně světlounké chmýří.

Honzík máchl pěstičkami a obdařil nás vědoucím miminkovským úsměvem.

…a někoho ztratíme navždy

Uplynuly čtyři poklidné roky. Vendula nezmoudřela ani mateřstvím a Honzíkovi to prospívalo, rostl z něj zdravý, pohodový kluk. Majda se rozvedla a zůstala s dětmi sama. Přátelství naší trojice přetrvávalo a každoročně jsme trávily část dovolené společně, spravedlivě jsme střídaly vodu a vandry.

To léto byla na řadě řeka. Honza jel s kamarády o týden dřív, my s dětmi se měly připojit na splavnějším úseku.

Těšily jsme se do poslední chvíle. Té chvíle, v níž se mi na mobilu objevilo neznámé číslo.

„Prosím?" přijala jsem hovor.

„Doktor Mrázek," představil se neznámý hlas. „Vy jste příbuzná paní Richterové?"

„Kamarádka. Stalo se něco? Vendule nebo Honzíkovi?" sevřel mě strach.

„Paní Richterová se synem jsou v pořádku… Jestli se to tak dá říct, vzhledem k okolnostem…" zaváhal hlas. „Manžel paní Richterové měl tragickou nehodu… Jste uvedená jako nejbližší kontakt, můžete přijet?"

Nemůže, nesmí to být pravda... proběhla jsem kolem sanitky, zaparkované před domem.

„Paní Richterové jsem dal něco pro uklidnění, volali jsme jejím rodičům, přijedou, ale nebude to hned," předal mi doktor bezradného Honzíka.

„Zůstanu tu s nima... Co se..." nedokázala jsem dořéct.

„Podle mých informací se před nima v peřejích převrátil raft, ty lidi na něm byli namol. Měli s sebou malý dítě, holčičku... Ji pan Richter vytáhnul... Pak se vrátil pro jednoho z těch chlapů. Zůstali tam oba..."

Pár dní po pohřbu se Vendy zhroutila. Z nemocnice se vrátil její pohublý, vyhaslý stín.

„Přineslas mi lodičku? Mamka mi je všechny vyhodila," uvítal mě při první návštěvě ubrečený Honzík.

„Jestli jo, tak se mu ji neodvažuj dát," ozvala se Vendy ledově.

„Přivezla jsem ti auto. Hasičský," podala jsem mu krabici. „Víš co, běž mu postavit garáž, my si s mamkou dáme kafe, a pak se přijdem podívat, dobře?"

„Tak jo," přeběhl mu po tvářičce odlesk bývalého úsměvu.

„Vendy," začala jsem opatrně, „já sice chápu, že se o něj bojíš..."

„Vážně si myslíš, že něco takovýho dokážeš pochopit?" přerušila mě roztrpčeně.

„I kdyby ne, nemůžeš ho přece zavřít doma, když byl zvyklej..."

„Můžu úplně všechno. A pamatuj si – Honzík se už nikdy k žádný vodě ani nepřiblíží. Zkus se o tom před ním jenom zmínit, a skončily jsme spolu."

„Za tohle přece nemůže řeka..."

„Ne? A kdo teda? A vůbec... Odkdy se ty, zrovna ty, řeky zastáváš?" podívala se na mě nenávistně. „Vypadni," dodala tiše a nesmlouvavě.

„Mě vyhodila už dvakrát," nijak zvlášť mě neuklidnila Majda.

Čas zmírnil Vendinu bolest a strach jen nepatrně. Přestávala zvládat práci a vynervovanému Honzíkovi při zápisu odložili nástup do školy.

„Víš, co mě napadlo?" prohodila Majda zamyšleně, „když hučet do ní nemá cenu, co to udělat takhle…"

„Tak co se děje tak strašně důležitýho?" zamračila se Vendula, sotva s Honzíkem vystoupili z vlaku.

„Důležitýho nic… A kdyby ti náhodou přišlo zatěžko oslavit s náma Lucčiny narozeniny, za chvíli vám to jede zpátky…" naoko lhostejně jsem pokrčila rameny.

„Nic pro ní nemám… Zapomněla jsem…" zamumlala rozpačitě.

„Zapomínáš na víc věcí," přestala jsem ji šetřit.

„Budem dělat ohníček?" roztrhl Honzík nepřátelské ticho.

„To se zeptej mamky," zatajila jsem dech.

„Normálně jste se na mě domluvily…" došlo Vendule konečně.

„Jinak bys snad přijela? A mimochodem – Lucka měla narozky minulej měsíc," sekla po ní Majda.

„Doufám," pronesla Vendy pomalu a sklonila se pro jeden z připravených batohů, „že jste aspoň vzaly buřty."

K vandrům jsme se vrátily, jen o řece pořád nesměla padnout ani zmínka.

„Stejně si myslím, že doopravdy se s tím nesmířila, jenom to nedává najevo. A dokud se bude vodě takhle vyhýbat, zůstane to v ní," nepřestávala mi Vendy dělat starosti.

„Jo, já vím, ale netlač na ní, však ona se nějaká příležitost najde," neměla lepší radu než čas ani Majda.

Den, kterým se její předpověď vyplnila, vypadal ze začátku úplně obyčejně.

„Sláva, konečně si můžem v klidu sednout, kluci už usnuli," nahlédla Vendy k dětem do stanu.

„Seš si jistá, že tam neblbnou třeba s mobilem?" ošila se Majda.

„Jo, jsem si absolutně, naprosto, dokonale jistá. Proč vlastně?"

„Mně se pořád zdá, že tu někde něco píská, vy to neslyšíte?"

„Já teda ne," bylo vrávorání tmou skoro to poslední na světě, co se mi v tu chvíli chtělo.

„Zvedej se, jdem se porozhlídnout," sáhla Vendula po baterce. „Tady z toho křoví to jde," pomalu přejížděla proudem světla po hustých keřích. „Z tý krabice..."

„Hrdinné doby mého mládí jsou minulostí, dámy," odmítla jsem pochybnou čest podívat se dovnitř.

„Srabe," odklopila Majda víko a ztuhla. A pak se obě začaly smát.

„Řeknu ti," lapala Vendula po dechu, „jednou najít zvíře může každej, ale dvakrát, na to už musí bejt talent."

„Neříkej mi, že je tam pes," sevřelo se mi srdce steskem při vzpomínce na mého čtyřnohého přítele.

„Kousek vedle," zvážněla na chvilku.

„Ne, to teda ne, hezky každá jedno," nahlédla jsem opatrně do krabice.

„Kolik tříd základky že jsi to vychodila?" přepočítala Majda koťata.

„Tím líp, když budeme mít každá dvě, nebude jim smutno," přehodnotila jsem bleskově hrozící nebezpečí.

„Přece bys ty chudinky nenechala trpět v našich mrňavejch bytečkách, když máš barák. A zahradu..." zasvítil v hloubce Venduliných smutných očí odlesk bývalého světla.

Už už jsem se nadechovala k upozornění, že s navlas stejným argumentem mi jejich děti hodily na krk rozvětvenou rodinu morčat a obstarožní andulku, když jsem zachytila Majdin upřený pohled.

„Tak jo, ale něco za něco. Vezmu si je… Když s náma sjedeš od stavidel k starýmu mostu. Jeden den…" *A jedny peřeje…*

„Bez dětí," položila si jedinou podmínku.

„Hele, Vendy, jestli se na to fakt necejtíš, nemusíme," připadala jsem si při pohledu na její úplně bílou tvář jako vyděrač.

„Hádám, že za ty kočky ti to dlužím," nadechla se roztřeseně.

Ten den vykřičela na řeku všechen svůj vztek. A vyplakala všechnu utajovanou bolest.

O rok později…

„Přece nepojedu s ženskejma," bránil se Honzík rozhořčeně.

„Vendy, nech ho… Kluci na něj daj pozor," zasáhla jsem tiše.

„Byl by na něj pyšnej… Na nás na všechny…" zaleskly se jí zrádně oči. „Jedem?" polkla slzy a maličko se usmála.

„Jedem…" oplatila jsem jí ten smutný úsměv.

Kánoe jedna za druhou odrážejí od břehu…

Kdo ví, co všechno nás ještě čeká. Jednu jistotu máme. Řeka zůstane stejná. Ta jediná se nemění…

Barbora Dvorecká

Shledání

„Ty bláho, tohle by se dalo v pohodě jet," rozplýval se Hároš nad uzounkým korytem horní Šipky.

„Muselo by asi trochu zapršet, nebo být obleva," poznamenal Česnek.

Byli jsme na jarním vandru v tomhle utěšeném a zapomenutým kousku přírody. Šipka si tady razila cestu loukama, polema a lesama, aby se o kousek níž zakousla do sevřenýho údolí, prodrala se skalama a svůj divokej proud zklidnila ve vodách Modřický přehrady. Byl to jarní víkend jak vyšitej, modrá obloha a na ní sluníčko v úplňku, který sice ještě nedokázalo prohřát zem, ale když jste se natáhli na suchý jehličí, svoji sílu už mělo a dokázalo vám hezky zahřát kožich. Do toho hulákali ptáci, kterým tahle část roku zjevně velela postarat se o zachování rodu a zplodit další generaci. Všude kolem vystrkovaly hlavy nejrůznější rostlinky, o nichž Česnek vykřikoval, že se jmenujou sněženky, bledule, sasanky a podobně, což jsem mu jako naprostej botanickej nedouk musel věřit. Teprve nedávno jsem se totiž dozvěděl, že moje třídění kytek na podběl, podžluť, podmodř a podčerv je pomýlený, neboť podběl je žlutej.

„A taky je to hodně úzký," pokračoval kysele Česnek, „s kánoí by ses tu ani neotočil."

„To je právě ono," jásal dál Hároš, „pokud nedosáhneš

kajakářským pádlem na oba břehy najednou, není to pravá voda!"

„Kolik toho tady asi teče při oblevě?" zkoumal jsem břehy.

Zdálo se, že asi dost, soudě podle ker vyplavených na okolní louky, které pomalu roztávaly v jarním slunci.

„To by muselo bejt žrádlo," mlaskl Hároš, „letos je to už asi passe, ale příští rok zjara to budu bachovat a jak to půjde, vyplouváme," rozhodl.

A my se při tý představě začali těšit.

Šli jsme vandrem po proudu a cestou pořád pokukovali po proudící vodě. Hlavama se honilo, kudy by se to muselo jet, kde přitáhnout, kde odpíchnout, pod kterou lávku nebo kmen se vejdeme a kam už ne, kterej šutr je nebezpečnej a kterej je v pohodě. Najednou byl ten náš pohled na Šipku úplně jinej, než jak vidíme říčku na vandrech.

Odpoledne opustila louky a pěšina nás vyhnala do příkrýho svahu, jímž jsme traverzovali po zvířecích stezkách až do Šerýho údolí, kde je krásnej, zastrčenej trampskej camp se dvěma přístřeškama a čistým bublavým potůčkem, umístěnej na plácku nad řekou. Bylo právě načase, začínalo se šeřit.

„Hele, když to pojedem, kde chceš končit, Hároši?" ptal se Česnek a brejlil do mapy. Vodácký téma se nás pořád drželo.

Koukali jsme po strmých svazích kolem sebe a bylo nám jasný, že táhnout jima lodě nahoru, k nějaký cestě, by bylo holý šílenství.

„Půjč nám tu mapu," požádal jsem Česneka.

Ve světle čelovek jsme ji študovali.

„Je to tady už docela blízko přehradě," konstatoval Hároš, „možná budeme muset končit už u mostu," píchl prstem do mapy v místě, kde nějakých šest kilometrů proti proudu říčku překlenoval silniční most.

„A přijít tak o nejhezčí úsek? Nikdy! Viděl jsi ty peřeje?" pustili jsme se do něj s Česnekem současně. Ani neodporoval.

„A co tahle cesta?" ukázal Hároš na čerchovanou čárku v mapě, těsně před přehradou, „vede k bývalýmu mlýnu, tam by to snad šlo, ne?"

„No, nevím, vrstevnice jsou tam hustý, že skoro splývají," namítl jsem.

„Musíme to risknout, nedá se nic dělat," uzavřel Hároš, „já to svým autem projedu!"

Ráno jsme po snídani zalili oheň, já kudlou uřízl tradiční smrkovou větvičku a položil ji do chladného ohniště na znamení, že když jsme camp opustili, byl popel studený a ohniště bezpečné. Šipka větvičky ukazovala po proudu, tam, kam jsme se poté, co jsme na záda naházeli usárny, vydali. Srnčí stezka byla ve svahu často přerušovaná padlýma kmenama, který jsme museli přelézat a prolézat. A právě za jednou takovou překážkou jsem zjistil, že můj loveckej nůž zmizel z pochvy zavěšený na opasku na pravým boku. Okamžitě jsem vyhlásil poplach. Prohledali jsme poslední vývrat, nic. Prohledali jsme další zpátky, taky marný. Zkusili jsme to znova, nůž nikde.

„Je mi líto, ale budeme muset jít dál, už jsme ztratili hodinu a nestihneme vlak," připomenul Česnek.

„Byl památeční, dostal jsem ho od táty v patnácti," bědoval jsem.

„Já vím, mrzí mě to, ale nedá se nic dělat," trval na svým Česnek a měl pochopitelně pravdu.

„Běžte napřed, já si ještě proběhnu celou cestu až do Šerýho údolí a pak vás dohoním, a kdyby ne, jeďte, já se domů nějak dostanu," nechtěl jsem to ještě vzdát.

Vlak jsem pochopitelně nestihl a nůž stejně nenašel.

Další zimu jsme se dočkali. Po několika předešlých, který byly na sníh víc než chudý, nastala konečně ta pravá, ladovská. To slibovalo pěknou oblevu a Hároš vyhlásil pohotovost. Poplach vypukl při dešti a oblevě koncem února, kdy vodočty vylétly nejprve k závratným výškám, a velká voda lámala ledy na tocích a roznášela je po okolních loukách. Potom to začalo zvolna klesat a to tak šikovně, že zrovna v sobotu bylo vody tak akorát. Vyrazili jsme. Sraz u Podhradního rybníka klapnul na minutu, a zatímco Flint s naším novým vodním parťákem Mikimauzem nafukovali lodě, my s Česnekem a Hárošem jsme vyrazili přesunout auta do cíle cesty.

Nebylo to tak jednoduchý, jak se zdálo, ta cesta, co jsme si vybrali pro přístup k Šipce, byla sama o sobě dost rozrytá a hrbolatá, ale po oblevě a dešti navíc rozmoklá a blátivá. My s Flintem jsme nechali radši naše plechový dostavníky na kopci, Hároš srdnatě zamířil po cestě dolů. Ujel pár set metrů, když se na jednom hrbolu ozval nepěknej zvuk, takový prasknutí, a po něm dlouhý rachtání. Šli jsme za autem, který za sebou rylo brázdu. A to až do chvíle, kdy za ním zůstal ležet upadlej vejfuk.

Hároš zastavil a vystoupil.

„Co se stalo?" volali jsme a dobíhali za ním.

„Někde jsem chytil spodkem a urazil vejfuk," oznámil nám lítostivě.

„Ale na zvuku motoru to nebylo poznat," poznamenal Česnek, zvedl tu trosku z bláta a zkoumavě prohlížel.

„No, asi už byl trochu děravej," připustil Hároš.

Zvuk jeho dýzlu byl pověstnej a připomínal traktor starší výroby.

„Půjde to ještě svařit?" zajímal se.

Česnek do toho lehce šťouchl prstem, kterej se mu okamžitě zabořil do útrob vejfuku.

„Těžko, je to nějaký shnilý, jak dlouho ho tam máš?"

„Je ještě původní, jenom párkrát vařenej," prohlásil hrdě Hároš.

Koukali jsme na tu součástku s velkou úctou, Hárošovo přibližovadlo mělo najeto přes dvěstěpadesát tisíc, takže tenhle vejfuk byl zcela nepochybně rekordman mezi vytrvalcema a patřil do muzea, pokud by se tedy s tou koulí bahna a rezu někdo chtěl tahat.

„Necháme ho tady, ne?" navrhl jsem.

„Měli bysme ho odvézt někam do odpadu."

Česnek do toho plácl rukou a ta mu prošla do nitra celá.

„Blbost, nech to tady, to se do měsíce rozpadne úplně."

„Je mi ho líto," přiznal Hároš a pietně uložil vejfuk vedle cesty.

„Můžeš mu sem nosit kytky," utěšoval ho Česnek, „to Rook ani neví, kde pochoval svou památeční kudlu," ťal mne do živýho, když připomněl třičtvrtě roku starou neblahou událost.

Hároš s povzdechem nasedl do auta a sunul se dál k řece. My s Česnekem ho následovali pěšky. Hároš pak dole auto nechal a všichni jsme se šli podívat na vodu, jednak jak teče a taky, a to hlavně, jak vypadá místo, kde budeme končit a vytahovat lodě. Vzdutí přehrady bylo už za další zátočinou a tam jsme rozhodně doplout nechtěli. Pro jistotu jsme tam zapíchli větev a pak se odporoučeli do kopce, k druhýmu autu, a pak honem zpátky na místo vyplutí.

Konečně se šlo na to. Po všech těch drobných peripetiích a komplikacích s cestou k řece a Hárošovo autem jsme stáli na břehu svižně proudící Šipky. Obě kánoe nafouknutý, Hároš zašprickovanej v kajaku. Flint s Mikymauzem vyjeli jako první, pak jsme za nima strčili do proudu i Hárošův kajak, kterej pojmenoval *Hurikán*, a za ním vyrazila naše pálava *Princezna*, já na kormidle, Česnek na háčku.

Koryto fakt široký nebylo a Hároš byl nadmíru spokojenej, že na mnoha místech skutečně dosáhl na oba břehy. Krátký úzký peřeje spojovaly četný meandry, ve kterejch silnej proud z peřejek mizel do hlubiny, aby se pak na druhý straně objevil v podobě velkýho bublajícího květáku na hladině. Najet na něj znamenalo obdržet do dna lodi hezkejch pár kopanců. Hlavně Hároš si musel v kajaku dávat bacha. Dojeli jsme Flinta s Mikymauzem, právě vytahovali pálavu před kládou, která, potopená těsně pod hladinou, blokovala průjezd.

„Bacha, kláda!" hulákal Flint.

Hároš stočil kajak do tišinky a chytl se za kořeny, trčící ze břehu.

„To přejedeme," zavelel Česnek, „zaber!"

Hrábli jsme pádlama a plnou rychlostí najeli na kládu. Příď se nadzvedla, lehkej Česnek se přes ní přehoupnul, ale to už loď ztrácela pohybovou energii a já zůstal viset na kládě.

„Chcete pomoct?" hnal se k nám po břehu Mikymauz.

„V pohodě, to přešukáme," odmítl jsem pomoc.

Jeho obličej se proměnil v jeden velkej otazník.

„Cože uděláte?"

Místo odpovědi jsme s Česnekem začali na lodi provádět sehraný kopulační pohyby a pálava se nám pomalu přes kládu přesouvala. Netrvalo to ani minutu a už jsme zase pluli.

„Aha," povzdechl si Mikymauz, „koukám, že tady člověk užije netušený vodácký techniky," poznamenal.

Šel pomoct Flintovi přetáhnout loď a my se zatím s Česnekem otočili a najeli ke kládě proti proudu. Byla řada na Hárošovi. Udělal kolečko v tůni před kládou a rozjel se na ní. V okamžiku, kdy kajak najel na překážku, popadl Česnek madlo na jeho přídi a prudkým trhnutím, který já musel vyvažovat, pomohl Hárošovi hladce přejet.

Díky těmhle manévrům se naše pořadí změnilo, ale pořád jsme dodržovali pevný pravidlo, že první jede kánoe, která prozkoumává cestu a hlásí překážky, pak kajak a nakonec zase kánoe, jejíž posádka má za úkol dostat kajakáře z případnýho průšvihu.

Řeka se nám měnila před očima, les trochu ustoupil od vody a dal prostor loukám, kde koryto ještě víc meandrovalo. A objevily se vrbičky. O chvilku později jsme do nich vlítli. Před náma bylo křoví hustý tak, že jsme navzdory prudkýmu proudu stáli na fleku. Větvičky nám strhávaly klobouky, mojí tvrdou buřinku a Česnekovu tropickou helmu, šťouraly nás do uší a do nosu. Proud s náma přitom cloumal.

„Bacha, křoví, zastav!" křičel jsem za sebe na Hároše. Měl to taktak, že do nás nenajel.

Prolamovali jsme se houštím a po centimetrech se posunovali dál.

„Chtělo by to pořádnou kudlu," hekal na přídi Česnek.

„Blbneš? Na nafukovačce?"

„Koneckonců, ty máš svůj nůž někde dál po proudu, co?" neodpustil si Česnek rejpnutí.

„Stejně bych ho na loď nebral."

Konečně jsme byli za křovím a vyrobenou průrvou se za náma vydal i Hároš. K jeho smůle ho jeden z květáků odhodil pod neproraženou část roští a proud ho pod něj podtočil. Bleskurychle vykrysil z lodi a chytil se nás za záď. Vytáhli jsme ho ven a Flint s Mikymauzem se postarali o kajak.

Hároš se ze zážitku rychle otřepal a pluli jsme dál. Řeka se obrátila na východ a zakousla se do úzkýho údolí. Zmizely vrbičky i meandry a my se řítili peřejema viditelně se svažujícím korytem. Naprostej vodáckej ráj. Netrvalo dlouho a dopluli jsme pod camp v Šerým údolí. Tam jsme si dali pauzu, něco málo pojedli a popili a taky se nezapomněli zvěčnit do kempovky. Myslím, že vodáckej zápis tam ještě nikdy nebyl.

Zbejvalo něco málo přes šest kilometrů do cíle a měly to bejt ty nejhezčí. Nasedli jsme a vypluli na poslední úsek. Jeli jsme s Česnekem zase první, už jsme ani nečekali na ostatní, tady jsme to znali, nedávno jsme tu prošli těsně kolem vody a věděli jsme moc dobře, že tady žádný překvapení nebude.

Omyl.

Princezna sebou podivně cukla a ozval se hodně divnej zvuk, takový až sopečný zabublání, a loď se prudce naklonila na bok. Během chvilky jsme z ní v rychlým proudu oba vypadli a docela jsme si o šutráky v peřeji natloukli, než jsme se dohrabali ke břehu. Koutkem oka jsem zahlídl, že se Princezna podivně nakloněná zachytila v nejbližší zatáčce pod kořeny stromů. Druhá pálava s Flintem a Mikymauzem se kolem nás přehnala a za ní i Hárošův *Hurikán*.

* * *

Seděli jsme s Česnekem na břehu a dumali, co nás to tak nepěkně dostalo. Odspodu k nám šel proti proudu Hároš a táhl za sebou Princeznu. Už na dálku bylo vidět, že jeden její boční válec je úplně prázdný, ale až zblízka jsem viděl asi půl metru dlouhou trhlinu s ostrýma okrajema, na jejímž konci vězel zaklesnutej, můj tak postrádanej, památeční nůž.

Jan Frána – Hafran

Mlha

Mlha byla tak hustá, že jsem očekával, že na mě každou chvíli vykoukne Rákosníček. I když jsem tenhle fór prohodil nahlas, tak úplně vesele jsem se necítil. O hustotě mlhy svědčilo i to, že dokonce i svého háčka jsem viděl matně a jen občas, jak se převalovaly chuchvalce mlhoviny. A přestože se Mirča snažila a svítila si baterkou, narychlo vytaženou z barelu, světlo se o mlhu jen tříštilo a jakýkoliv dohled spíše zhoršovalo. Mirča to zřejmě sama rychle pochopila a baterku zhasla.

Po stranách i za sebou jsem slyšel pokřikování dalších osádek naší party, které se snažily alespoň po sluchu nějak navigovat a nesrazit se. Já naopak potichu napínal uši a poslouchal zvuky vody, doufaje, že to, co slyším, je jen nějaká malá peřej.

Situace, kterou popisuji, se neodehrávala na nějaké exotické a vysoce nebezpečné řece, kde by nás překvapily velké vodopády, víry a jiné životu nebezpečné atrakce. Jeli jsme mírumilovnou českou řeku, která se zove Ohře. Nicméně tohle vědomí mě dvakráte neuklidňovalo. Asi nám nehrozilo přímo ohrožení života, ale vykoupat se v neznámé řece, notabene když člověk vidí jen pár desítek centimetrů před sebe, není zrovna zkušeností, kterou bych chtěl mít.

„Dávej bacha, asi je před námi peřej," zahulákala na mě z mlhy Mirča.

Pevně jsem se usadil na sedačce, pořádně se rozkročil a zapřel nohy o borty. A valil jsem oči do mlhy, až jsem úplně cítil, jak mi bulvy vylézají z hlavy a otírají se o skla mých brýlí. Ani to nijak nepomohlo a furt jsem viděl kulový.

Na chvíli jsem zapřemýšlel, jestli by nebylo bezpečnější prostě zajet ke břehu. Ale neměl jsem vůbec představu, jak daleko břeh je a co nás na něm čeká. A napíchnout se na nějakou větev nebo vjet do bůhvíjakého sajrajtu, to se mi nechtělo. Navíc jsem trochu doufal, že mlhou brzo projedeme. Že skončí stejně náhle a nečekaně, jako když jsme do ní před chvílí zničehonic vpluli. Když jsme před necelou hodinkou vyjížděli z kempu, tak nic neukazovalo na to, že by měla nějaká mlha přijít. Bylo sice pod mrakem, ale jinak úplně normální počasí. A teď tohle.

Šumění řeky bylo čím dál tím hlasitější a lodí to začalo házet. První drcnutí naznačilo, že se nám podařilo trefit nějaký menší kámen.

„Bacha, je tu peřej," zařval jsem do mlhy za sebou, abych alespoň varoval ostatní, a pak se prostě jen snažil držet loď v přímém směru.

„Nebudeš se zlobit, když nebudu hlásit šutráky?" ledabyle pronesla v mlze přede mnou Mirča, „já totiž vidím úplný hovno."

Uklidnil jsem ji, že vidím to samé, i když jsem nepoužil tak explicitní výraz jako ona. Při užívání některých slov, které můj háček běžně pronášel, bych se červenal nejen já, ale i otrlý námořník.

Kánoí to hodilo tentokrát pořádně a sprška vody zalétla i na mě. Na chvíli jsme byli hodně naklonění nalevo, ale podařilo se nám loď vyrovnat.

„To musel být šutr jako kráva," zhodnotila situaci Mirča.

V té chvíli jsem za sebou uslyšel poděšené vypísknutí a pak neklamný zvuk, který jasně nasvědčoval tomu, že jedna z našich lodí neměla takové štěstí. Podle toho vypísknutí jsem to tipoval na Káju, která jela na lodi se Šusťákem. Kája byla nejmladší účastnice naší výpravy, teprve sedmnáctiletá dívčina. Nezbývalo mi než doufat, že zkušený vodák Šusťák dokáže dopravit svého háčka bezpečně na břeh.

Kakofonie hlasů na řece za mnou se slila do nesrozumitelného řevu, a tak jsem neměl šanci zjistit, jak jsou na tom. Navíc jsem se musel soustředit sám na sebe, protože naše loď se po další ráně do dna opět nebezpečně naklonila, tentokrát na pravou stranu. Chvíli kámen ještě nepříjemně skřípal o dno lodě, a pak jsme z něj konečně sjeli a pokračovali mlžnou řekou dál.

„To bylo o fous," nahlas jsem si oddechl.

„To teda kurva jo," zaznělo z mlhy přede mnou úlevně.

Chvilku jsem myslel, že se už mlha rozptyluje, ale asi to byl zrakový klam, protože jsem i nadále viděl jen do poloviny naší kánoe. Nakonec jsem zjistil, že to není tím, že by mlha řídla, ale protože měnila barvu. Z šedé se stávala žlutá. Skoro jako by mlha zářila. Nebo zářilo něco uprostřed mlhy. Propluli jsme poněkud vpravo od toho a zase zmizeli v šedé mlze.

„Hele? Taky jsi to viděl?" zeptala se mě nejistým hlasem Mirča.

Měl jsem úplné sucho v ústech a musel si odkašlat, abych vůbec mohl promluvit.

„To byl jenom nějaký zrakový klam," snažil jsem se ji uklidnit, ale sám jsem moc klidný nebyl.

Co to sakra bylo? Že by tou mlhou nějak divně prosvítalo slunce? Nebo tam někdo svítil pořádným halogenem?

Nebyl čas se tím blíže zabývat, protože jsme pořád pluli víceméně naslepo. Lodí to už ale házelo méně, zřejmě jsme vjeli do nějakého mírněji tekoucího úseku.

„Kurva," zaklel náhle můj něžný háček. „Pájo, dávej bacha."

Na co mám dávat bacha, mi Mirča nestihla sdělit. Ani to už nebylo potřeba. Už při jejím prvotním výkřiku se něco zhmotnilo z mlhy přede mnou a pak mě to nečekaně a tvrdě praštilo přímo do obličeje. I přes překvapení a bolest jsem stačil zareagovat a rychlým pootočením pádla nasměřovat loď více doleva, a tedy dále od břehu, který jsme zřejmě těsně kopírovali. Za tu facku do obličeje mohla větev nějakého většího keře nebo stromku vyčnívajícího nad řeku. Naštěstí byla větev slabší a silně obsypaná listím, a tak rána byla spíš překvapující, než bolestivá a nebezpečná.

„Seš v pohodě?" nesl se ke mně z mlhy znepokojený Mirčin hlas. Ujistil jsem ji, že se nic nestalo, a narovnal si brýle, které mi větev málem strhla. Přitom jsem také zjistil, že úplně bez újmy jsem nevyvázl, na čele jsem měl menší škrábanec.

„To je vo hubu. Nezajedeme radši ke břehu?" pomalu pronesl můj háček a už jen to, že mi to vůbec navrhovala, vypovídalo o tom, že je z celé situace taky trochu vyděšená. A vyděsit Mirču není tak lehké.

Znovu jsem tuhle variantu začal zvažovat.

A v té chvíli se najednou mlha přede mnou rozevřela a já spatřil nejprve záda svého háčka, pak i její pihovatý obličej, když se na mě překvapeně otočila, a nakonec i řeku před námi. Bylo to nečekané a rychlé, jako by někdo před námi rozhrl oponu. Stočil jsem loď bokem a nevěřícně koukal na řeku za námi. Jako jednolitý blok se tam vznášela šedavá neprostupná mlha.

„To je jak v nějakým zkurveným hororu," potichu přede mnou pronesla Mirča. Jako už vícekrát v minulosti, i tentokrát jsem musel přiznat, že její vyjadřování by sice v lepší společnosti neprošlo, ale zato naprosto přesně vystihuje situaci.

Blok mlhy vypadal opravdu strašidelně a jakoby z jiného světa. Navíc mi přišlo, že mlha pohlcuje i zvuky, protože jsem už neslyšel žádný křik dalších osádek za námi.

Voda nás pomaličku odnášela dál od mlžného útvaru a my jej fascinovaně a mlčky sledovali.

Pak se, jako kouzlem, z mlhy vynořila žlutá kánoe s posádkou a Mirča si slyšitelně oddechla. V závěsu vyjela další loď a pak postupně opouštěly mlhovinu další a další posádky. Všichni byly podivně zamlklí a nejistě po sobě pokukovali.

Pořádně se mi ulevilo, když jako poslední vyjela z mlhy loď s Kájou a Šusťákem. Oba mokří jako vodníci, ale jinak vypadali v pořádku.

„Tohle nám nikdy nikdo neuvěří," pronesl Šusťák, když přijel blíž. Pak nám jedním dechem vyprávěl, že se s Kájou naštěstí cvakli na místě, kde bylo vody jen po pás. Na sebe neviděli, ale oba se drželi převrácené lodě. Strach z neznámého a neviděného jim dodal takovou sílu, že se jim i ve vodě podařilo většinu vody z kánoe vylít, otočit ji a nasednout.

„Sice tu máme vody, že bysme tu mohli pěstovat ryby," usmál se Šusťák, „ale plout se s tím dalo."

„A já hlavně chtěl být z té mlhy pryč," dodal víceméně zbytečně. Zbytečně proto, neboť tuhle jeho touhu jsme sdíleli všichni.

„Viděli jste to světlo uprostřed té mlhy?" zeptala se Kája a bylo slyšet, jak jí drkotají zuby. Možná zimou, možná strachem.

Z rozpačitého mlčení a nejistých pohledů, které jsme na sebe všichni házeli, bylo znát, že podivné světlo viděli všichni. A nikdo si to nedovedl nějak logicky vysvětlit. Šusťák se chraplavě a nepřesvědčivě zasmál a pronesl, že si tam asi svítil místní vodník. Ke smíchu se nikdo nepřidal. Všichni jsme pořád pozorovali mlhu. Mně osobně připadalo, jako by ta mlha pozorovala nás. Pochlubit se s tímhle pocitem ostatním jsem ale v plánu neměl.

Jak nás voda pomalu odnášela, vypadalo to, jako by od nás mlha sama od sebe ustupovala. Jako by žila vlastním životem.

„No, je čas jet dál," oklepal jsem se. „Jedno je jistý. Až budete chtít někdy u ohně vyprávět nějakou strašidelnou historku, máte super námět."

Pak už naše flotila lodí pokračovala v cestě. Blok mlhy zmizel za ohybem řeky a protrhanými mraky se na nás začalo smát slunce. Na paluby lodí se pomalu vracela pohoda, dobrá nálada a smích. Kája se Šusťákem jen na chvíli zastavili u břehu, aby pořádně vylili všechnu vodu z kánoe, a jelo se.

Další cesta probíhala bez problémů, slunce hřálo na kůži a v žaludku hřál rum, který při soulodění koloval po lodích. Zarostlé břehy řeky vypadaly stejně, a tak jsem pouze odhadoval, kde se právě nacházíme a jak dlouho nám to potrvá do dalšího kempu. Tuhle řeku nikdo z naší party nejel a já ji měl načtenou jen z map a internetových vodáckých portálů.

„Jak to ještě máme daleko k nějakýmu kempu nebo hospodě?" vytáhla pádlo z řeky Mirča a natočila se mým směrem. „Já mám žízeň, že bych se o ní mohla opřít."

Zmiňovat se o tom, že mám ještě čutoru s vodou nemělo smysl, neboť Mirči žízeň mohlo zahnat jen pivo.

„Myslím, že bysme měli každou chvíli dojet ke kempu," uklidnil jsem ji, ale asi ne úplně dostatečně, protože po mně podezíravě loupla okem. Nicméně zas chytla pádlo a pořádně zabrala.

„Kemp ahój," hulákal nadšeně Šusťák, který jel na špici naší kavalkády.

„No ty vole, to je dost," úlevně pronesl můj háček a zabral dvojnásobnou rychlostí. Pak se Mirča zarazila a přestala pádlovat. I zezadu jsem poznal, jak se jí protahuje obličej.

„Pájo?!" podivně tázavě pronesla. To už jsem si všiml, že i na dvou vedle plujících lodích nikdo nepádluje a všichni koukají nevěřícně dopředu.

„Ježíši," vydechla Kája a Šusťák potichu zaklel.

Když jsem zaměřil svůj obrýlený zrak na přibližující se kemp, cítil jsem, jak mi přejel mráz po zádech.

Krásný travnatý břeh, u kterého bylo dokonce malé dřevěné molo, lákal k zastavení velkou cedulí s názvem kempu U vodníka. Pod stromem, na kterém byla cedule připevněna, navíc stála reklamní tabule s velkým názvem jistého sympatického pivovaru.

Nic z těchto atributů by nemělo způsobit děs v očích všech členů naší vodácké výpravy. Byl tu ovšem jeden zásadní problém. Všichni jsme ten břeh a na něm se rozkládající kemp poznali. Byl to ten samý, ze kterého jsme dnes ráno vyplouvali.

Pavel Gregr

Prokletá voda

„Do prdele práce!" zařval jsem naštvaně a chytil se za dlaň levé ruky, ze které se valilo krve jako z vola. Nůž i zpola nakrojený špekáček se válely v trávě u mých nohou.

Já se fakt řízl nožem! Napůl naštvaně a napůl udiveně jsem se v duchu peskoval, ale nahlas jsem už raději nic nepronesl. Nechtěl jsem zbytečně dávat střelivo té bandě individuí, které ve slabé chvilce nazývám kamarády. I tak se všichni začali chechtat a zazněla i poznámka, že dneska bych si měl nechat ty své ručičky pozlatit.

Nejhorší na téhle hlášce byl fakt, že byla vlastně pravdivá. Kdy se poštěstí, že se člověk řízne nožem, když chce jen naříznout špekáček, aby se na ohni mohl krásně rozvinout? Nestát se to mně, tak se směju taky. A navíc to nebyl první karambol, který se mi dnes stal. Být pověrčivý, tak snad začnu věřit tomu, že tahle voda je pro mě prokletá.

Problémy začaly hned ráno, když jsem skoro nestihl odjezd vlaku. A to jsem vyrazil s dostatečným předstihem. Jenže, v dnešní době nevídaný výpadek proudu, který pozdržel tramvaj o víc než patnáct minut, a série dalších situací zapříčinila, že jsem do vlaku naskakoval ve chvíli, kdy se už skoro rozjížděl. Zpocený jako vrata od chlíva jsem usedl do kupé mezi kamarády a přijal první plechovku piva. A začal jsem vyprávět, co všechno už jsem stihl zažít.

Kromě již zmiňovaného výpadku proudu to byl velmi nekompromisní revizor jízdenek a moje legitimace, která mi z kapsy batohu propadla netušenou dírou do jeho útrob, odkud ji vydolovat nebyla lehká práce. A na závěr drobná srážka s vozidlem, která tramvaj jako dopravní prostředek vyřadila úplně. Poslední dvě zastávky jsem tak absolvoval zrychleným přesunem po svých, což vysvětlovalo mé propocené svršky.

„Ale teď už bude pohoda," pronesl jsem s ulehčením a přiťukl si plechovkou se svým háčkem Mínou. Ten nahoře se zřejmě rozhodl, že si mě kvůli téhle větě pořádně vychutná.

Pohoda totiž nenastala. Při přestupu na další vlak jsem zjistil, že jsem v kupé prvního vlaku nechal ledvinku s veškerými doklady a penězi. Jakým způsobem mi upadla a jak je možné, že si jí nikdo z ostatních nevšiml, to je mi dodnes záhadou.

Fakt je, že jsem ledvinku i s celým obsahem našel zapadlou pod sedadly. Nicméně díky tomu jsem i do druhého vlaku naskakoval ve chvíli, kdy už se rozjížděl, a zase splavený jako kůň. Pocuchané nervy uklidnila další plechovka piva a hlavně Mína, která mi nadšeně vyprávěla, jak se na vodu těší. Na Sázavě ještě nikdy nebyla. Mína mi dělala háčka už třetím rokem. Štíhlá a drobná blondýnka, ale když bylo potřeba, uměla na pádlo nalehnout jako pravý námořník. Rozprava s Mínou a láhev rumu, která kolovala po vlaku, mi dala zapomenout na počáteční nepříjemnosti. Ty se však přihlásily o slovo hned po příchodu do půjčovny lodí. Tam jsem totiž zjistil, že jsem zřejmě doma nechal papír, potvrzující objednávku lodí pro naši partu.

„To nebude žádný problém," uklidňovala mě sympatická dívčina s tak monumentálně rostlým hrudníkem, že bylo velmi těžké jí koukat do očí.

„Aha," zachmuřila se po chvilce a začala zběsile klepat do klávesnice počítače. Ukázalo se, že jim zřejmě nějak spadl jejich program a nemohla se dostat k žádným údajům o provedených objednávkách. Po opakovaných telefonátech do jejich centrály se alespoň podařilo potvrdit naši objednávku, nicméně lodě jsme přebírali s hodinovým zpožděním oproti plánu.

Při kontrole lodí jsem navíc zjistil, že na jedné kánoi je prasklina na sedadle zadáka. Slečna z půjčovny se mi za to omlouvala, ale jinou loď už bohužel neměla k dispozici. Utěšovala mě tím, že za poškozené vybavení dostaneme malou slevu a navíc mi zdarma poskytla molitanový kryt na sedadlo. Jako organizátor letošní výpravy jsem si obětavě vzal poškozenou loď a pak už jsme konečně vyrazili na vodu.

Řeka krásně šuměla, vody bylo hodně, a tak nám cesta rychle a příjemně utíkala. Kromě okolní přírody jsem se kochal i pohledem na Mínu, která na háčku seděla oděna jen do titěrných plaveček. Vždy jsem ji bral jen jako kamarádku a nikdy na ní nemyslel jako na ženskou, ale letos jsem si nemohl pomoci a musel ji okukovat. Myslel jsem si, že nenápadně, ale podle vědoucích úsměvů, které po mně občas házela, se mi to úplně nedařilo.

Od hříšných myšlenek mě úspěšně odváděla má poškozená sedačka. I přes molitan se prasklina každou chvíli sevřela na mém pozadí a pěkně mě štípla. Můj zadek musel vypadat jak po návštěvě sado-maso salónu.

Pak jsme přijeli k prvnímu jezu toho dne. U pravého břehu byla široká šlajsna a pod ní menší válec. Tenhle jez jsem už několikrát jel a tak jsem neměl nejmenší obavu. Pro jistotu jsme před ním zastavili a já ho šel okouknout. Stav vody byl naprosto ideální, nebylo proč váhat.

„Jedeme," zamával jsem na ostatní posádky, které zatím vyčkávaly nad jezem. Nastoupil jsem do lodě a odrazil od břehu. Najel jsem si kolmo na jez a pak už se s lehkým zhoupnutím propadla příď kánoe i se zakloněnou Mínou. Krásně jsme prolétli šlajsnou a potom se příď zařízla do prvních vln válce. Sprška vody skropila spokojeně se smějící Mínu. Najednou dostala loď zespodu kopanec a prudce se naklonila nalevo. Než jsem vůbec stačil zareagovat a loď vyrovnat, už jsme byli oba v řece. Na chvíli jsem zmizel pod hladinou, ale rychle se zase vynořil. To už jsme i s převrácenou lodí projeli válcem a já se snažil loď zastavit. Vzepřel jsem se proti dnu a pravá noha mi zapadla mezi dva kameny. Docela to bolelo, ale zase mi to dalo potřebnou stabilitu a podařilo se mi udržet se na místě a přidržovat loď, aby neodplula. Z druhé strany držela loď Mína, která si zjevně nevšimla toho, že jí voda strhla vršek plavek. Teprve když si všimla mého upřeného pohledu, tak se potopila do vody a když se znova vynořila, byla už řádně upravená.

„Aby ti nevypadly oči," utrousila ke mně spíš laškovně než vyčítavě a pak mi pomohla loď odtáhnout ke břehu.

„Nechápu, co se stalo," kroutil jsem hlavou a sledoval jez, kterým právě bez nejmenšího problému projela další loď naší party.

„Naše první cvaknutí. Byla to sranda," smála se spokojeně Mína.

Těšilo mě, jak se k věci staví, ale stejně mě štvalo, že mě pokořil zrovna takový obyčejný jez. Mou náladu nezlepšilo ani to, že všechny ostatní lodě projely jezem bez váhání a hlavně bez vykoupání. Však jsem si taky vyslechl, že letos budu vítězem a držitelem naší pomyslné trofeje, kterou nazýváme Titanic a vždy ji udělujeme posádce s největším počtem cvaknutí.

Aspoň navrch jsem se snažil tvářit, že o nic nejde. Rychle jsme s Mínou vylili vodu z lodi a naše cesta pokračovala. Z cvaknutí jsem si odnesl jen drobnou ranku na holeni a pár modřin.

Nicméně smůla se mě držela dál.

Na další zastávce došlo v kiosku pivo zrovna ve chvíli, kdy jsem byl na řadě já. Pohodový chlápek v okénku mě sice uklidňoval, že má ještě jeden sud a nemusím se bát, ale já už tušil, co bude následovat. Přestože s dnešními technologiemi už je narážení pivních sudů věcí jednoduchou, opět se něco porouchalo, a tak jsem si na své pivo musel počkat dobrou půlhodinu.

Když jsme pak odráželi od břehu, podařil se mi přímo výstavní břehulák. Ač jsem si myslel, že v lodi už pevně stojím, nějak divně se zavrtěla a už mi hladina znova čechrala vlásky. To jsem poprvé nahlas zanadával. Alespoň že jsem při téhle své exhibici neshodil do vody i Mínu.

Po zbytek dne se mi nic vážného nepřihodilo, pokud nepočítám vosí štípnutí do levého bicepsu. Vosa zřejmě přicestovala z oblasti Černobylu, neboť po jejím bodnutí, přestože nejsem nijak alergický, mi natekla paže do obřích rozměrů. Vypadal jsem jako Pepek námořník, který snědl jen polovinu konzervy špenátu. Někdo sice rádoby vtipně navrhoval, že se mám nechat štípnout i do druhé ruky a budu vypadat vážně drsně, ale na to jsem raději ani nereagoval. Ochotná Mína mi dala nějaký prášek na alergické reakce, ale teprve potom, co jsem jej spolkl, mě upozornila, že na něj nesmím pít alkohol.

Takže do kempu, kde jsme měli nocovat, jsem přijel sice s rukou víceméně normální velikosti a tvaru, ale zato naprosto, ale naprosto střízlivý. A přesto, nebo možná právě proto, se mi podařilo pořezat se nožem při nařezávání špekáčku. Zatímco mi starostlivá Mína ošetřovala poraněnou dlaň, tvářil jsem se, že o nic nejde. Poranění nakonec nebylo zdaleka tak vážné, jak nasvědčovala prvotní krvavá sprška.

„Já ti ten špekáček opeču, když jsi zraněný," nabídla se pak Mína. Protože má důstojnost už nemohla ten den více utrpět, ani jsem nic nenamítal, opatrně si sedl k ohni a ucucával pivo. A nenápadně se rozhlížel, odkud přijde další facka osudu.

Jinak vládla u ohně skvělá nálada. Renda hrál na kytaru a jeho hluboký a lahodný hlas se vznášel ke hvězdné obloze. Ostatní jej doprovázeli dle svých hlasových možností. Nebo podle množství vypitých piv. To už se ke mně blížila Mína a s úsměvem držela v rukou klacík s nabodnutým, lákavě vypadajícím špekáčkem. Kousek přede mnou podivně škobrtla, zřejmě o trs trávy, a s roztomilým vyjeknutím se svalila přímo na mě. Co už tak roztomilé nebylo, že se při pádu trefila svým kolenem přímo do mého rozkroku.

Kdo už zažil, pochopí, že přestože jsem se snažil tvářit, že o nic nejde, tak mi to nešlo. Zhluboka jsem dýchal, po tvářích se mi valily slzy a ze všech sil jsem se kousal do rtů, aby z nich nic nevyšlo.

„Ježíšikriste, promiň, já nechtěla," nešťastně se omlouvala Mína a její pohyb nasvědčoval tomu, že mě chtěla pohladit na poraněném místě. Naštěstí si však uvědomila, že to není úplně vhodné, a tak mě s rozpačitým úsměvem pohladila jen po tváři.

Zbytek bandy se samozřejmě chechtal, divže nepopadali do ohně.

Mína mi pak znova nabídla špekáček, já jej opatrně snědl a snažil se nemyslet na tupou bolest v podbřišku. Po dalších dvou pivech, která mi vždy přinesla Mína, bolest poněkud ustoupila. Dokonce jsem dokázal pro pobavení ostatních pronést, že teď třeba aspoň budu mít vyšší hlasový rozsah při zpěvu. Uznalý smích přerušilo suché lupnutí. Všichni se obrátili směrem k našim stanům, odkud zvuk zazněl.

„Ani se nevzrušujte," s povzdechem jsem vstal a mírně nejistým krokem se vydal ke stanům, „to bude můj stan."

Sice jsem netušil, co ten zvuk znamenal, ale bylo mi jasné, že nic příjemného. A jestli se něco nedobrého stalo, mohlo se to stát jen mně. Už když jsem ke svému stanu přicházel, viděl jsem, že jsem se nespletl. Stan už neměl krásně pravidelný tvar, ale byl podivně zdeformovaný. Rychlou kontrolou jsem zjistil, že praskla jedna duralová stanová tyčka. Opravil jsem stan, jak jen to bylo na místě možné, a vrátil se k ohni. Když jsem vysvětlil, co se stalo, už se nikdo nesmál.

„Neurazil jsi v poslední době nějakého šamana?" napůl ironicky a napůl vážně se mě ptal Renda. Zatímco jsem krčil rameny, tak Renda začal vychytrale přemlouvat Mínu, že by raději měla jít spát k nim do stanu, aby ode mě tu smůlu ještě nechytla. Mína však jednoznačně prohlásila, že háček by měl spát ve stanu se svým zadákem. A basta.

Když jsem si šel, jako jeden z posledních, vrávoravým krokem lehnout do stanu, Mína mě podpírala.

„Zatracenej den," nadával jsem pod vousy. „Jediný hezký zážitek dnešního dne byl, když ti na tom jezu spadl vršek plavek."

Mína vedle mě ztuhla, ale potom mě chytla pevněji a víc se ke mně přitiskla. Když jsme pak vedle sebe ulehli do spacáků, dala mi pusu na dobrou noc. To nikdy předtím neudělala. Ani pak se neodtáhla a s hlavou těsně u mé se mi začala omlouvat, že na mě upadla. Než jsem stačil odpovědět, ucítil jsem její rty na svých a zároveň zvědavá ručka vklouzla do mého spacáku.

„Měli bychom ověřit, jestli jsem tě nějak vážně neporanila," tiše pronesla Mína a pak už v našem stanu nezaznělo jediné slovíčko.

Když jsme ráno ze stanu vylézali, nebyli už jsme jen kamarádi a jen háček se zadákem. Byli jsme kluk s holkou, přítel s přítelkyní, druh s družkou. Změna byla zjevně patrná na první pohled, neboť jsme nikomu nemuseli nic říkat a všichni pochopili. A věřte tomu nebo ne, od toho rána až do konce naší vodácké výpravy mě už nepostihla žádná nemilá událost, žádný karambol a nepříjemnost. Jako jediná posádka jsme se pak až do konce vody ani jednou necvakli. Jakoby ta kletba, to zlé kouzlo, bylo zlomeno. To jsem si myslel, když jsem s Mínou pokračoval ve vztahu a za pár let poté si ji i vzal.

Teď už na to prokletí koukám jinak. Už chápu, že nebylo zlomeno, že nezmizelo. Jen vyčkávalo.

Stojím na chodbě okresního soudu a pořád ještě nevěřícně koukám na zavřené dveře, ze kterých jsem právě vyšel. Na dveře soudní místnosti, ve které právě skončilo poslední jednání vleklého a nepříjemného rozvodového stání. Rozvodu, ze kterého jsem tedy rozhodně nevyšel jako strana vítězná.

Ta voda tehdy byla vážně prokletá...

Pavel Gregr

Hrdinové a Machři

Flint byl na vodě a tentokrát sólo. A užíval si to! Vlastně tak úplně sólo nebyl, společnost mu dělala jeho právě zcela opravená prastará žebrovka. Tahle loď byla ztělesněním jeho snů. Koupil ji na inzerát přede dvěma lety, za hříšný peníze a v žalostném stavu. Ty dva roky pak byly ve znamení usilovného kutění doma v garáži, aby se z neutěšeného vraku, o kterém občas pochyboval i chorobný optimista Flint, stala výstavní indiánka. Musel se kvůli tomu stát truhlářem, loďmistrem, malířem a znalcem indiánský kultury. A povedlo se mu to, všichni jsme mu loď obdivovali, chválili a lákali ho, aby její premiérovou plavbu uskutečnil s námi. Flint lákání odolal.

„To je záležitost jen pro dva, je to jako první rande, tam taky o další společnost nestojíte."

Museli jsme mu nakonec dát za pravdu. I když se vyskytly názory, že bude jen těžko hledat řeku, kde bude opravdu sám. Na to se jen usmál.

Flint si pro první plavbu vybral Sokolnici, říčku, které se až doposud vyhýbala pozornost půjčoven a cestovních kanceláří, vrhajících každoročně do vod našich toků zástupy lovců zážitků, partiček rodin urvaných ze řetězu a snažících se přemíru vody pod sebou vykompenzovat stejným množstvím alkoholu v sobě.

Sokolnice se prodírala džunglí vrbiček, lemujících její meandry, aby se vzápětí zakousla do podhorských lesů a zrychlila tam v krátkých, ale příjemných peřejích. Jezů bylo pomálu a při tomhle stavu vody se daly i na trochu choulostivé žebrovce sjíždět.

Ostatně na vodu i na počasí měl zatím Flint neskutečnou kliku. Celý týden před jeho výpravou vydatně pršelo a lesy kolem Sokolnice nasákly jak houba, a teď četnými potůčky plnily její koryto vrchovatě. Prostě čiré vodácké orgie, a jak už bylo řečeno, Flint si je na opuštěný řece užíval plnými doušky.

Odpoledne se začala idylka kazit. A to hned ze dvou důvodů. Tím prvním bylo vzdálený zahřmění a poměrně dost tmavý obzor, který vzhledem k dusnu, které celý den panovalo, nevěstil nic dobrého. To ho ale tolik nerozladilo, to k vodáckému životu patří. Znamenalo to jenom to, že bude muset trochu máknout, aby se co nejdřív dostal do nejbližší vesnice, kde byl za hospodou u řeky pěkný plácek. Tam hostinský nechával za trochu té útraty vodáky stanovat. Druhý důvod byl ale pádnější. Zpředu se ozvaly hlasy, který se rychle blížily. Hlasy mužské, ženské i dětské. A mnohé z nich nepochybně patřícím osobám, jejichž kuráž byla znatelně posílena alkoholem.

Za chvíli je dojel.

Vrbičkami a roštím se tam probíjela trojice raftů, plavidel naprosto nevhodných na tuhle řeku, navíc očividně osazená plavci bez zkušeností s takovým vodáckým terénem. A kormidelníci toho taky moc neuměli. V důsledku toho rafty za vzájemného srážení se a pošťuchování dokonale zablokovaly tok. Flintovi nezbylo, než opustit aspoň na nějakou dobu svůj původní plán s rychlým předjetím skupiny a zpomalit. Zaregistrovali ho.

„Ahoj!" houkl naducaný chlápek na kormidle.

„Ahóóój," zařvali unisono všichni ostatní a ohlíželi se, koho to tady v džungli vlastně zdraví.

„Dobrý den," přimíchaly se do toho dva nesmělé dětské hlásky.

„Tady na vodě musíte i dospělé zdravit vodáckým pozdravem," sjel je okamžitě chlápek.

Flint potlačil nutkání tím „dobrý den" taky pozdravit, svým způsobem ho uráželo, že i takovým se říkalo vodáci.

Všichni byli navlečení do modrých trik, opatřených nápisy „Velká řeka 2016" a „Machři", k tomu vyzdobení rádoby vtipnými pokrývkami hlav, majícími budit zdání, že jejich majitelé jsou ostřílenými mořskými vlky, i když jejich počínání na řece hovořilo o pravém opaku. Na podlahách raftů se povalovaly láhve v různém stádiu vyprázdnění.

„Trochu jste zabloudili, ne?" podotkl Flint.

Raftový kormidelník se zatvářil zmateně.

„Tohle není Velká řeka," doplnil Flint a ukázal na jeho tričko.

„Jo tááák," protáhl chlápek, „tu jsme měli původně jet, ale pán z půjčovny nám doporučil Sokolnici, že prý je hezčí, dobrodružnější a jen pro zkušené vodáky. A to my jsme!" dodal hrdě.

Flint v duchu proklel toho pitomce z půjčovny.

„Necháte mě projet?"

„To je jasný! Ale nejdřív se napij!" podával Flintovi láhev s průzračnou kapalinou.

„Ne, díky, mám svoje, ale na zdraví!" odmítl Flint a vytáhl placatku s jamajským rumem, kterou měl v pohotovostní poloze.

Chlápek, evidentně šéf celé skupiny, se jal vydávat zmatené rozkazy dalším lodím, které měly Flintovi umožnit průjezd. Neumožnily. Veliké žluté rafty, naprosto skvělé na divoké rakouské nebo norské horské řeky, byly v meandrech úzké a zarostlé Sokolnice k ničemu. Naštěstí je v další zátočině proud zahnal pod vrbičky a Flintovi se nakrátko otevřel průjezd.

„Mami, ten pán má starou loď," upozornil asi desetiletý hošík.

„Má, asi nemá na novou," poučila ho stokilová matróna a sjela Flinta mírně pohrdlivým pohledem.

Pravda, jeho indiánka prastará byla, jeho vodácké triko i šortky nesly známky mnohých cest, koupelí i praní, měly na sobě o pár dírek víc, než původně vymyslel módní návrhář a klobouček na jeho hlavě by mohl vyprávět o mnohých dobrodružstvích, která spolu na vodách i vandrech zažili. Ale i tak ho poznámka o jeho lodní lásce hluboce urazila.

„Je opravdu stará," vysvětlil klukovi, „mám ji od samotného Vinnetoua."

Ten otevřel pusu netajeným údivem a obdivem.

„Já na ní chci jet taky!"

„To nemůžeš, ta by tvoji maminku neuvezla," kontroval vítězně Flint.

Paní zrudla, nabrala dech a evidentně by něco ráda řekla, jen ji hned nenapadlo co. Z okolních raftů se ozval dušený smích. Flint nečekal na její výbuch, několika ráznými záběry se protáhl skupinou a zmizel jim za nejbližším meandrem.

Další zahřmění jím trhlo. Bylo znatelně blíž. Otočil se a viděl, že do vesnice s hospodou to už nestihne, zdržení kvůli raftařům bylo znát a bouřka se přibližovala rychle. Zabral pádlem.

Právě v okamžiku, kdy na chvilku skončily vrbičky a řeka vplula do malého údolí s písčitou pláží a svažitou loukou na pravém břehu, se zvedl silný vítr. Bylo to tady! Přicházel konec světa.

Stočil loď ke břehu a zaklel. Na břehu byly vytaženy další rafty. Skupinka, která tam právě chvatně dokončovala svačinu, se v mnohém podobala té předchozí. Jenom trika měli červená, na nich každý obrázek některého z komiksových superhrdinů a v písku měli dokonce zapíchnutou tyč s červeným praporem s nápisem „Heroes".

Další prudký náraz větru ho skoro vyklopil. Poryv proletěl údolíčkem, narazil do skály, která ho vymrštila šikmo vzhůru a vrátila zpět nad řeku. Tam se mu do cesty postavil mohutný smrk. Rostl tam skoro osaměle, větve pěkně až dolů, takový ten strom nepropršák, pod který se rádi schováte, když přijde nepřízeň počasí. Jenže tentokrát mu osud nedovolil sehrát úlohu ochránce vodních poutníků. Deště minulých dnů mu podmáčely kořeny a náraz větru z neobvyklého směru zpečetil jeho osud. Ozvalo se silné zapraskání a strom se zřítil napříč korytem řeky přesně v místě, kde mezi dvěma skalami opouštěla údolí.

Hrdinové změnu situace zaznamenali a přerušili odjezd. Ty rafty, které už stihly vyplout, se za usilovného pádlování posádek chvatně vracely proti proudu na pláž. Do toho se shora přiřítila flotila Machrů, hnaná snahou co nejdřív se ukrýt před blížící se bouří.

Neskladná a neohrabaná plavidla se na pláži střetávala a srážela, což dalo podnět ke vzniku hned několika konfliktních situací.

Obě skupiny urychleně vynášely bagáž z plavidel a skládaly ji na břehu.

Voda před stromem tarasícím soutěsku divoce vřela a bublala a omezený průtok začal pomalu, ale jistě zvedat hladinu řeky.

V důsledku toho se jeden ze žlutých raftů odpoutal a než tomu stačil kdo zabránit, odplul po proudu. Síla zdivočelý vody ho natlačila na uštípané větve smrku a raft hlasitě bouchnul, splaskl a zmizel pod hladinou.

Mezi Machrama a Hrdinama došlo k ještě prudší výměně názorů na to, čí ten raft vlastně byl.

„Doprdele, doprdele, to je průser," opakoval strnulý šéf Machrů a naráz do sebe nalil půl flašky vodky.

„Měl sis to líp hlídat," obořil se na něj vůdce tlupy Heroes, postavou značně podobný gorilímu samci.

Hlavní Machr si znova přihnul.

„Polib si! Stejně to byla vaše loď."

Než se stačili pohádat o to, čí to vlastně byla loď, další poryv větru s sebou přinesl hustou hradbu padající vody. Průtrž bičovala hladinu řeky a tvořila na ní velký bubliny. Nebylo skrz ni vůbec vidět, bylo to, jako kdyby se na ně řítila šedivá betonová zeď.

Flint na nic nečekal, loďák si hodil na záda, na hlavu si přiklopil svou indiánku a klusal s tím do kopce k lesu, co nejdál a co nejvýš od vody. Zapadl do mlází na kraji lesa, o jeden smrček si opřel loď a schován pod ní pozoroval cvrkot dole u vody.

Opičák tam už poněkolikáté posouval složené loďáky, jak se k nim blížila stoupající voda. Poněkud hysterické matky je naopak otevíraly a zoufale hledaly ponča a pláštěnky pro své ratolesti i pro sebe. Naprosto při tom opomíjely fakt, že už jsou stejně promočené na kost a že otevřením pytlů umožnily proudům vody, padajícím z nebe, proniknout do jejich útrob, takže až přestane pršet, nebudou mít nic suchého.

Další jedinci z obou skupin zápasili s rafty a snažili se jim zabránit v nárazovém větru odletět.

„Seď v lodi a ani se nehni," zařval opičák na obtloustlou matrónu, která se svým mohutným tělem snažila krýt jejich asi desetiletého syna před nepřízní povětří.

Vzápětí uklouzl a při pádu odhodil loďák do vody. Začal odplouvat. Matróna nechala syna napospas osudu a vrhla se s elegancí hrošice za pytlem. Odlehčený raft byl hned příštím poryvem větru i s hošíkem nadzvednut a sfouknut do řeky.

Flint na návrší pochopil, že je zle. Bleskurychle odvázal z indiánky koňadru a řítil se k vodě. Hošíkova matka už průšvih zaregistrovala a ječela na celé kolo. Opičák začal nesmyslně udělovat pokyny vyděšenému plavci v raftu.

„Pádluj k nám, pádluj k nám! Slyšíš? Zaber!"

Kluk zoufale hrabal rukama do kalný vody a voda ho unášela blíž a blíž ke smrku v soutěsce.

Flint proletěl kolem bezradných rodičů, obtočil konec koňadry kolem kmenu vrbičky na břehu a s druhým koncem se vrhl do proudu. Stačilo mu pár kraulových temp a byl u raftu. Vysoukal se do něj a zkoušel se i s lodí přitáhnout ke břehu. K jeho smůle byla síla proudu, přiživeného průtrží mračen, moc silná, takže to nedokázal, ale aspoň zastavil odplouvání člunu. Bylo mu jasné, že takhle dlouho nevydrží, a opičáka na břehu, ani nikoho z jeho kumpánů nenapadlo popadnout provaz a vytáhnout je.

Zbývala jenom jediná možnost.

Skočil i s klukem do vody a ponechal raft jeho neblahému osudu. Kluk se mu vyškrábal na záda a držel se ho kolem krku. Flint se po provazu přitahoval a pomalu se blížil ke břehu. Až potom se jako první vzpamatovala matróna, zapřela se nohama do kořenů už zpola zatopený vrby a přitahovala je ke břehu. Během pár okamžiků byli v bezpečí. Matróna popadla potomka do náruče a během pokusu o jeho rozdrcení se slzami v očích Flintovi děkovala.

Do toho se přiřítil Opičák.

„Pitomče, tos tam musel nechávat ten raft," řval na Flinta a z jeho dechu bylo jasný, že i on řeší krizovou situaci dávkou něčeho silného.

Raft právě prohrával svůj souboj s vodou a smrkem, byl rván na kusy.

Pohled na zkázu lodi probudil v Opičákovi agresivní sklony.

„Doprdele, já to budu muset zaplatit, ty hajzle!" zařval a zdálo se, že se chystá Flinta napadnout. Ten už zaujímal obranný postoj.

Do děje se vmísila matróna.

„Podržte mi ho, prosím vás," podala chlapce Flintovi.

Pak se otočila na svého chotě.

„Blbče!" pronesla a uštědřila Opičákovi tvrdý pravý hák.

Překvapením vyvalil oči, který se mu vzápětí rozjely do opačných koutků a on se bezvládně svalil k zemi.

„Odneste kluka někam do bezpečí," poprosila Flinta.

„A co s ním?" zeptal se a ukázal na bezvládnou postavu, k níž se zvolna blížila stoupající voda.

„To zařídím," odtušila, popadla svého zákonitého za ruku a táhla jej od vody. Měla sílu jako kůň.

Flint postavil vyděšeného kluka na zem, vzal ho za ruku a vydali se společně ke zbytku obou výprav. Tam už zmatek a panika nabývaly vrcholu. Voda nadále stoupala a hustý liják neúprosně devastoval zbytky odhodlání.

„Všechny děti se mnou," zařval Flint do provazů deště.

Přítomným mámám s jeho příchodem svitla jiskra naděje, že se objevil někdo, kdo ví, co má dělat. Přistrčily děti a poslaly je s Flintem.

Jen šéf Machrů chtěl těžkým jazykem protestovat.

„Co se do nás pleteš," huhlal, „já se o svý dítě postarám."

Snažil se chytit svého kluka za ruku.

Stejná situace jako s Opičákem se opakovala i s vrchním Machrem, jen do akce nastoupila ona stokilová vodačka, s níž měl Flint diskusi ve vrbičkách. Zjevně mu pragmaticky odpustila a plácla pana otce nejdřív přes ruku, kterou se snažil zadržet syna, a pak mu vlepila facku přes půl obličeje.

„No to se na to vy..." vydechl překvapením a sedl si na zadek do louže. Pak zatřepal hlavou a dorazil z lahve dobrého dvoudecáka vodky.

Flintova malá karavana dorazila k mlází v bezpečné vzdálenosti od vody i od divoce se kymácejících vysokých stromů v lese. Promoklou a třesoucí se skupinku usadil pod svou loď, která jim poskytovala aspoň jakous takous ochranu a ze svého loďáku vytáhl krycí plachtu, kterou se ve větru se střídavými úspěchy pokusil zavěsit mezi smrčky a vytvořit tak pro děti přístřešek.

„Je to loď od samotného Vinnetoua," špitaly si mezi sebou a obdivovaly malovanou kánoi.

Když byli jeho svěřenci jakžtakž zabezpečení, uvažoval, co dál. Jedna možnost byla, jít k vodě pomoci ještě i dospělým, ale zdálo se, že už si s tím snad i oni poradí. Vzhledem k faktu, že už dneska za svou snahu málem dvakrát dostal po hubě, neměl moc náladu se ještě angažovat.

Bouře přecházela, průtrž přešla do pomalu ustávajícího drobného deště a utišil se i vítr.

Flint vyrazil do lesa, nožem naškrábal plnou hrst smoly, pak z loďáku vylovil plátěný pytlík se suchou březovou kůrou a na malým plácku v mlází rozdělal oheň. Žár hořící smůly vysušil mokrý dřevo a za chvíli už měl v dosahu tepla usazené všechny své malé svěřence.

Nanosil hromádku dřeva na přikládání a nejstaršímu klukovi svěřil starost o oheň. Pak teprve se šel podívat na jejich rodiče a zjistit, jestli přeci jenom pro děti nezbylo nějaké suché oblečení.

Skupinka klepala kosu nad neuspořádanou hromadou loďáků, pádel a zbývajících raftů. Hlavní Machr na jednom z nich seděl a s Opičákem si připíjeli na šťastný konec krize. Opičákovi otékalo a modralo levé oko. Ostatní, muži i ženy, někam telefonovali.

Flint se k nim vydal a byl sotva v půlce cesty, když se z údolí potoka, který se tady do Sokolnice vléval, ozval praskot a rachot. Polekaně se otočil a podíval se na svah nad potok, odkud se to ozývalo.

Viděl padající a pohybující se stromy a hned věděl, že to ještě neskončilo. Znal to tady z vandru. Nahoře na potoce byla nová retenční nádrž, malá přehrada nebo lesní rybník, lemovaný na jedné straně prudkým zalesněným svahem. A právě ten byl v pohybu.

„Zdrhejte! Zdrhejte!" zařval na skupinku pod sebou.

„Valí se sem voda!"

Skupinka evidentně nechápala, uřela zrak na řeku, která právě přestala stoupat, pak ale přeci jenom začala váhavě sbírat věci.

„Všechno tady nechte! Utíkejte," doběhl Flint k nim, popadl nejbližší ženskou a vláčel ji do kopce, „nahoře na potoce se protrhla přehrada, utíkejte ke svým dětem!"

Snad jim to konečně došlo, nebo spíš zafungovalo to kouzelné „ke svým dětem", ale dali se na úprk podle jeho instrukcí.

Bylo načase, rachot se rychle blížil a vzápětí se korytem do té doby neškodného potoka prohnala lavina vody, bahna a dřeva. Okolí řeky se rychle zaplavilo, spláchlo rafty i bagáž naskládanou na louce pod nimi a voda prudce stoupala. Flint se jenom modlil, aby se nedostala až k nim.

Plovoucí stromy dopluly až k zaklíněné kládě na konci údolí a jako beranidlo do ní narazily. Chvíli se zdálo, že ještě zesílí a zvýší tuhle nechtěnou přehradu, pak ale padlý strom povolil, zlomil se a překážka se s ohromným rachotem uvolnila. Masa rozbouřené vody vlétla do soutěsky, prohnala se jí a řeka se dala na ústup. Na louce zůstala jen bahnem pokrytá tráva, která končila sotva deset metrů pod jejich úkrytem.

Za pár minut bylo po všem. S úlevou si oddechli.

* * *

Pár hodin nato bylo na louce živo. Hasiči a záchranáři balili trosečníky do dek a fólií, rozdávali čaj a uklidňovali vyděšené děti. Nad hlavou jim několikrát přeletěl vrtulník, mapující zkázu, na místo už dorazil i jeden senzacechtivý televizní štáb.

Flint se rozhodl, že už jeho pomoci není třeba a že by měl popojet dál. Zkoukl řeku a usoudil, že to půjde. A to přesto, že ho jeden z hasičů informoval, že kemp dole příval kompletně spláchl, vyplavil i hospodu a že se dokonce několik lidí pohřešuje. Chtěl dojet někam do lesa, kde nebudou lidi, a tam zatábořit. Pro dnešek už měl vzrušení až nad hlavu, na to, že jeho původní plán byla osamělá plavba na zapadlý řece.

Táhnul loď s loďákem a pádlem k vodě. Uctivým obloukem obešel místo, kde právě reportérka pod dohledem kamery zpovídala Opičáka a náčelníka Machrů. Každý z nich držel za ruku svého syna a tvářil se jako mistr světa.

„Jsme na místě, kde příroda ukázala svou sílu a kde jen díky hrdinství a statečnosti těchto pánů nedošlo k tragédii," povídala právě reportérka na kameru, „k tragédii, k níž pravděpodobně došlo dále po proudu, v zaplaveném kempu."

Otočila se na Opičáka a kamera jej zabrala v detailu. S nateklým monoklem na oku vypadal, jako by se vracel z bitvy.

„Vidím, že jste zraněn," oslovila ho, „a přišli jste o lodě i o své osobní věci. Ale všichni jste přežili. To je obdivuhodné. Jak jste to dokázali?" šoupla mikrofon před Opičáka.

„Tak ano, ono to přijde tak nějak samo, když jde to tuhého, že jo, tak moc nepřemýšlíte a reagujete instinktivně. Hlavní bylo postarat se o děti, že jo, dostat je do bezpečí, pak ženy. Na naše věci už čas nebyl, že jo."

Reportérka horlivě kývala hlavou a přisunula mikrofon k druhému.

„Byli jste při tom vy sami v ohrožení života?"

„No, nebezpečné to bylo," odpověděl šéf Machrů a rukou si mnul tvář. I když částečně vystřízlivěl, měl pořád ještě dost těžký jazyk, „ale děti jsou děti, to je to nejdůležitější, no, tak jsme je zachránili a to je hlavní."

Kamera sjela pohledem na oba kluky a divákům na obrazovkách se naskytl pohled do jejich obličejů, ve kterých se zrcadlil vnitřní boj, který v jejich dětských duších probíhal. Boj mezi přirozenou důvěrou a loajalitou k otcům, a realitou prožitého zážitku.

„Jsi hrdý na to, že je tvůj táta hrdina?" otázala se ho mírně žvatlavým hlasem reportérka.

Chlapec se podíval bezradně na otce, pak na druhého kluka.

„Když on nás všechny ale zachránil ten pán," vysoukal ze sebe konečně a bázlivě se podíval na otce. Ten drobně zbrunátněl.

„Jaký pán?" zeptala se poněkud zmatená reportérka.

„Ten s lodí od Vinnetoua," vyhrkl honem druhý kluk, jako by jenom čekal, aby mohl s pravdou ven.

„Ano, ten. Odvedl nás na kopec, schoval nás pod indiánskou loď a udělal nám oheň," vysvětlovali jeden přes druhého, „a pak ještě zachránil naše rodiče. Běžel pro ně, když se valila voda!"

Reportérka byla naprosto zmatená.

„Tady byl Vinnetou?"

„Ale ne, pán, co má jeho indiánskou kánoi. Támhleten!" zpozorovali Flinta vlekoucího svou loď a snažícího se uniknout veškerý pozornosti. A zatímco by se oba otcové nejraději propadli do země, kamera se přesunula na Flinta, pána s lodí od samotného Vinnetoua, který právě strčil svou krásku na vodu, skočil do ní a unášen svižným proudem mizel v soutěsce.

Jan Frána – Hafran

74

Čenda a vodácká odyssea

„Připrav si tu prezentaci, za půl hodiny máme mítink v zasedačce," oznámil Čendovi šéf a opustil jeho kancelář.

Čenda si povzdychl, zakoulel očima a ponořil ruce do klávesnice počítače. Byl pátek odpoledne a on už měl být dávno na cestě. Dnes začíná voda a náhlý nečekaný obrat v jeho práci mu znemožnil dlouhodobě plánovaný odchod hned po obědě okolo druhé odpolední. Navíc dostal zprávu, že první účastníci se už pomalu, ale jistě, blíží do kempu. I on byl myšlenkami spíše v kempu než v práci a teď bylo jasné, že tu bude trčet do kdovíkdy.

Když došperkoval svoje dílo, pustil se do hledání vlakových a autobusových spojů a přemýšlel o náhradní variantě, protože původně se měl s částí bandy sejít na vlakovém nádraží okolo třetí. Teď už byla půl pátá a minutové ručičky neúprosně utíkaly stále dopředu. Čenda si ještě jednou srovnal kravatu a po výzvě vkročil do zasedací místnosti.

Svou část odprezentoval, lehce si zabrenjstormingoval, přijal několik tásků, pokusil se mít pojnt ofvijů na několik išůs, nastínil fórkást a demandoval odsouhlasení badžetu.

Poté se Čenda omluvně usmál a vysvětlil, že už ale opravdu musí jít, opustil mistnost a následně i kancelář. Jakmile se ocitl na ulici, začal mu zvonit telefon.

„Nazdar Čendys, tak jaká, už jsi v kempu, nebo cože?" ozval se Mekoš.

„Zduřbuřt Mekoši, hele, všechno špatně, bárka jde dolů ke dnu i se svým kapitánem. Teď jsem skončil v práci, takže mi to ještě potrvá, než se k vám dostanu. Valím ještě domů, tam poberu nějaký cajky a okamžitě vyrážím. A co vy, jak to s váma vypadá?"

„No, my budeme asi tak za půl hodiny na místě. No, ale nepotěšils mě, zkus sebou pohnout a dorazit co nejdřív," odpověděl Mekoš.

„Díky za tvou radu, která je opět k nezaplacení, já jsem vlastně doteď ani moc nepospíchal. A až teď jsem si to konečně uvědomil!"

„No, to je skvělý, teď ale už trochu pohni, přestaň se vykecávat do telefonu a funguj. Čau!"

„Nazdar," odpověděl Čenda a zavěsil. Doma strhl kravatu, svlékl oblek, hodil všechno na ramínko do skříně a se zabouchnutím skříňových dvířek zavřel ve skříni i pracovní starosti. Teď se jede na vodu! Tak a teď, kde je loďák a všechny ostatní věci? Přesně věděl, že ať už si vezme cokoliv, tak půlku z toho nepoužije a několik věcí mu bude chybět. Tak přemýšlel, co mu chybělo na minulý vodě. Aha, pláštěnka… ale na internetu psali, že bude hezky. No, ale tak na tom internetu toho napíšou… Nůž mu minule chyběl. A čelovka. Jo a náhradní struny. Čenda měl u kytary několik svazků použitých strun, tak jeden vzal s sebou. Kytaru, samozřejmě, a ešus. Nůž. Boty, oblečení a jde se. Ještě zkusil s marnou nadějí prolustrovat ledničku, jestli by se přeci jen něco k jídlu nenašlo, ale do jeho ledničky byl žalostný pohled. Mléko, jeden jogurt, už pravděpodobně po expiraci, okurky, hořčice a téměř prázdný rum, který, jak Čenda tvrdil, se používal především na pečení. Čapl aspoň okurky, hodil si batoh na záda, vzal kytaru a vyrazil směr nádraží.

Tam zjistil, že autobus už nejede, vlak že mu teď taky ujel a další a zároveň poslední mu jede za dvě hodiny. Podrbal se na hlavě, dal si u stánku párek v rohlíku a dumal, co dál. Dvě hodiny, než přijede vlak, poté další dvě a půl hodiny ve vlaku, pak ještě chvíli pěšky, to jsem tam až tak okolo jedný ráno. Poslední šance, jak se tam dostat, blesklo mu hlavou, je tam dostopovat. Můžu to aspoň vyzkoušet, než pojede ten poslední vlak.

Přemýšlel, jestli má udělat ceduli, kam jede, nebo ne, a nakonec se rozhodl stopovat bez cedule. Výpadovka byla naštěstí kousek od nádraží a bylo na ní i místo, kde by případný řidič mohl bez problémů zastavit. Čenda to místo znal z dob, kdy jezdil do velkého města studovat. Postavil se na kraj a zvedl palec.

A najednou si to uvědomil, stejně jako vždy, když přišel na okraj silnice a začal zkoušet zastavit nějaké auto. Stop není jen o tom, že člověk stojí na silnici a čeká, až ho někdo vezme. Stop je daleko víc. Vzpomínal na doby, kdy pro něj stopování nebylo jen snahou dostat se z místa A do místa B autem C tak, že vydaná částka X za cestu se rovnala nule. Byl to pro něj tenkrát životní postoj, dobrodružství, kterému nemohli ti, kteří v životě nestopovali, rozumět. Dokonce měl vymyšlených i několik zásad, které se vždycky na stopu snažil dodržovat. Buď oholenej. Neměj na očích sluneční brýle. Snaž se vypadat co nejvíc optimisticky a usmívej se. S řidičem, kterej tě vezme, si povídej, a vyprávěj mu veselý historky ze svýho života.

Kolem se míhala auta, a zatím ani jedno nevypadalo, že by chtělo zastavit. Několik řidičů mu ukázalo, že jedou jinam, to když ukázali doleva nebo doprava. Když mu jeden řidič ukázal ukazovákem nahoru, pochopil, že by se vlezl jedině na střechu. Další řidič mu ukázal směrem dolů, a to pochopil, že pán je místní. Ovšem co myslela paní v prázdném autě, která ukázala za sebe a ještě u toho tím prstem kroužila, to už nerozklíčoval. Ženy, pomyslel si Čenda, a najednou mu bylo fajn. S přibývajícím časem to začalo bejt zajímavější, daleko víc dobrodružný. Je zajímavý, mudroval si Čenda pro sebe, že už jenom tím, jak člověk stopuje, tak už cítí vůni dálek, cestování, a v podstatě ještě stojí v rodném městě. Zajímavý. Přibývající čas však zároveň způsobil i ubývání světla, což je při stopování celkem problém, protože ne každý řidič, který občas vezme stopaře ve dne, je to samé ochoten udělat i v noci.

Je to v háji, pomyslel si Čenda, dneska už mě nic nevezme a já na vodu dojedu až zítra, a to je prostě špatně, že, takhle přijdu o dnešní večer. OK, dám tomu šanci ještě pět, maximálně deset minut, a pak to vzdávám.

A když už to téměř vzdal, ozval se skřípot brzd a u krajnice zastavilo auto. Díky, Melounku! Čenda se okamžitě rozeběhl, doběhl stojící auto a zadýchaně prohlásil: „Brývečer, simvás, jedete směrem na Karlovy Vary?"

„Jasně, pojď, naskoč si," prohlásil řidič, „pro vodáky já mám slabost."

„Jak jste poznal, že jsem vodák?" zeptal se Čenda.

„Lodní pytel, pruhovaný triko a kytara napoví i hloupějším lidem než jsem já, a po osmý hodině večerní stopujou už jenom magoři nebo vodáci. A navíc jsem za mládí splouval nejednu řeku! Konkrétně dvě. Sázavu a Vltavu. Takže ahoj, já jsem Tonda."

„Ahoj, já jsem Čenda. No, někam k Varům. Ale samozřejmě budu vděčnej, ať už mě odvezete kamkoliv. A každopádně díky, že jste mě vzal," odvětil Čenda.

„No tak to máš kliku, protože já jedu přímo do Varů," usmál se Tonda, zasnil se a začal vyprávět historky z obou svých vod.

Nakonec ho Tonda odvezl až přímo do hospůdky v Lokti, kde jeho banda už hrála jednu vodáckou písničku za druhou, až se celá hospoda otřásala. Jakmile kamarádi spatřili Čendu, okamžitě se s ním přivítali, jako by ho neviděli třicet let. To dělaj ty rundy rumu, který určitě měli, zatímco jsem se sem teprve dostával, říkal si Čenda. Když se patřičně přivítali, zabékali a poslali do žaludku ještě několik ochočených stád plachetnic. Hostinský je těsně po půlnoci s omluvným úsměvem vypoklonkoval, že už je dávno po zavíračce a on že ráno v šest vstává, a vodáci vyrazili směr kemp.

„Hele, tady ten kemp je podle mě stejně divnej, mně přijde, že tu vodáky vlastně ani moc nemaj rádi. Pak si kladeš otázku, proč to takový lidi dělaj a odpovíš si, že pro prachy. Ale aby se zamysleli, že vodák je taky člověk, kterej se chce pobavit, najíst se dobrýho jídla, napít se dobrýho pití, to ne, oni ti tu daj hnusný europivo, jídlo za kilopade, ještě ke všemu máš na výběr mezi smaženým sejrem, smaženým řízkem, hermelínem nebo gulášem, k tomu dostaneš trochu studenejch brambor a val to do sebe. Jako kdyby vodáci byla smečka podivnejch tupejch individuí, kterejm je jedno, co jí a pijou, hlavně že se motaj," pustil se cestou do kritiky místních poměrů vodák, jemuž všichni v bandě říkali Stýf, jinak též rozený svůdce žen.

„No, ono to tak ale opravdu někdy je, vždyť si vzpomeň na loňskou Vltavu, tam to chvílema vypadalo dost drsně, a tys tam rozhodně nevypadal jako gurmán, spíš jako někdo, komu je jedno, co pije, hlavně když to teče," pustil se s ním do polemiky Mekoš, další z bandy a jedinej skaut mezi nimi. Ten dokázal úplně všechno, když se šlo do lesa pro dříví, kde ho moc nebylo a i ti největší hledači měli problém najít aspoň jednu slušnou kládu, on táhl k ohni během pěti minut dvě až tři soušky. A byl trochu jako Mekgajvr, dokázal vyrobit z kancelářský sponky, kousku provázku a několika sirek protiatomovej kryt nebo piáno i s orchestrem.

„No jo, to ale byla jiná situace, to jsem byl ještě mladej a blbej," odvětil Stýf.

„Zatímco teď už seš starej a moudrej, co, úplnej otec Fura," neodpustil si další z bandy, jemuž říkali Marťan. Marťan proto, že pracoval jako programátor a jeho koníček byla sci-fi literatura, filmy a seriály.

„No, to je pravda, akorát na rozdíl tady od Stýva má otec Fura o hodně víc vlasů, fousů a určitě i zubů," rozesmál se poslední člen výpravy Ještěrák, který svou přezdívku dostal pro svou vášeň k obojživelníkům a plazům. Doma měl i terárium, kde choval dva leguány.

„Jste ještě mladý a hloupí," vzdal to Stýf a napil se z petky piva, kterou jim pan hostinský natočil na cestu.

„Hele, Stýve, sice je pěkný, co tu povídáš, ale radši mi pověz, kde máte šabatky? Zatím je to tu pánská sešlost, to holky dojedou až ráno?" zeptal se Čenda.

„Jo aha, ty to vlastně ještě nevíš, takhle jsme už vlastně komplet! Když jsi tuhle vyprávěl, jak jsi jel sám na singlu, tak jsme o tom začali uvažovat taky, navíc tady Ještěrák se před tejdnem rozešel s tou jeho roštěnkou, takže taky jede singl. Ta moje má nějakou holčičí merendu s holkama ze střední, kde nesmí chybět, a když jsme si předevčírem volali, tak jsme se shodli, že necháme holky doma a pojedem taky na singla! Tys náhodou neulovil háčka, že ne? Mělo to bejt pro tebe překvapení," zahlaholil Stýf.

Čenda přiznal, že opět, ač se snažil ukecat všechny kamarádky, co zná, tak nakonec žádnou neulovil. Ani na háčka a ani jinak.

„No, to nevadí, naopak, to, žes nesbalil, tak to je dobře, protože tady Marťan přišel s nápadem, že bychom mohli letos tu vodu pojmout tématicky, takže letos ji jedeme v režimu vědecký fikce, čili sci-fi. No řekni, není to skvělý?" rozzářil se Stýf.

„No, jako nápad to nezní špatně," usmál se Čenda, „ale jak si to představujete?"

Marťan si vzal slovo a povídá: „No hele, to máš jednoduchý, každej už někdy viděl nějakej sci-fi film, no ne?"

„No, kromě tebe, tys viděl všechny," odpověděl mu Stýf.

„Nonono, je ještě minimálně pět nebo šest filmů, který jsem ještě neviděl. Ale co je na tom hlavní, je to, že se necháme tímhle stylem inspirovat, že naše lodě, to budou stíhačky, takzvané iksvingy, kterejma profrčíme širým vesmírem. Když budeme soulodit, tak vznikne vesmírná loď Entrprajs. Místo kamenů budeme hlásit roje meteoritů. A tak dále, taky si určitě něco vymyslíš, tak co ty na to? Je to dobrej nápad, nebo jo?" zazubil se Marťan.

Tady už nešlo nesouhlasit. „V zásadě jsem pro, ale abych si představil místo řeky vesmír, to budu potřebovat hodně rumu, možná že i nějakej absinth," opáčil Čenda. Pánové dorazili do kempu, zabékali si ještě pár písniček a šli spát pod širák.

Ráno snad nemohlo bejt hezčí. Sluncem zalitá krajina, vánek mírně foukal, modré nebe bylo bez poskvrny, ptáčkové cvrlikali a i to pivo z kempu se zdálo být o něco snesitelnější. Čenda se probudil, ještě chvíli koukal na nebe, pak se porozhlídl kolem sebe a v dosahu spatřil ešus a lžíci. Koukl se po ostatních, jak ještě spokojeně spí, pomalu sebral ešus, lžíci, potichu se posadil a pak začal jako zběsilej třískat lžící do ešusu a hulákat:

„Bacha, kluci, Klingoni útočí! Zachraň se, kdo můžeš, pomoooc! Kde jste kdo! Klingoni jdou po nás! Vojáci Federace okamžitě do pozic!"

Když si byl jistej, že jsou všichni vzhůru, přestal a prohlásil: „Uf, tak tohle bylo o fous, naštěstí jsem je zahnal touhle plazmovou lžící a intergalaktickým ešusem, ale příště musíme bejt opatrnější. Jestli znovu zaútočej a já tyhle cajky nebudu mít u sebe, tak to bude daleko, daleko složitější. Dobrý ráno."

Místo odpovědi slyšel několik velmi šťavnatých nadávek a kleteb. Nicméně do půl hodiny byli všichni sbalení a po snídani, a během hodiny už každý seděl ve vlastní lodi. Ještěrák to okomentoval, že nikdy neměl tolik místa v lodi, a že konečně vidí, co je vepředu, a že se může natáhnout. Pak se podíval na barel, který mu trůnil na háčku, usmál se a řekl: „Ártů. To je můj Ártůdýtů!"

Když měli za sebou kemp, okamžitě se sjeli do soulodě. Stýf se zeptal, jestli by ho někdo nemohl zavolat na můstek. Ještěrák okamžitě zahlaholil: „Kapitán Stýf na můstek! Kapitáne

Stýve, potřebujeme vás na můstku!" a pohodlně se usadil. Kdepak na týhle kánoi bude můstek, to by mě zajímalo.

Stýf se zvedl, přesunul se, stoupl si na špičku lodi a zadeklamoval: „Hvězdné datum 1314.5. Naše flotila míří vstříc novým dobrodružstvím a právě jsme se úspěšně vyhnuli meteorickému roji. Vstupujeme do galaxie Ohře, která je neprobádaná a tudíž vhodná k prozkoumání. Kapitáne Marťane, máte s sebou interdimenzionální rum?"

Kapitán Marťan podal lahev kapitánu Stývovi a oba se svorně napili na to meziplanetární dobrodružství.

Mezitím se Čenda, který byl na konci soulodě, napíchl lodí na kámen a zůstal stát.

„Tohle je moc velká hromada kamení, aby to byl meteorit. Tohle musí bejt planetka. A protože jsem ji jako první objevil já, chci, aby byla zaznamenána do hvězdných map po celé galaxii – a dám jí jméno Maruška."

Ještěrák se ho zeptal: „Hele, jako oukej, je to planetka, ale nechceš ji pojmenovat drsnějc? Přeci jenom je to tvoje první planetka, cos objevil, tak aby to mělo nějaký grády..."

„Počkej," odvětil Čenda, „na Marušku mi nesahej, tahle planetka je pojmenovaná po jedný úžasný servírce z nádražky v Hradci. Kamaráde, kdybys ji znal, tak pochopíš. Ta měla tak krásný velký oči s výstřihem. A ten milej úsměv, když se předklonila, aby ti dala nový pívo na stůl. Ne, je to Maruška! Prosím všechny vesmírný kartografy, aby si to jednou provždy zapamatovali a zakreslili!"

Kapitán Mekoš najednou zděšeně vykřikl: „Pánové, my nemáme fejzry! Ani jedno fejzrový dělo a ani jedinou malinkatou fejzrovou pistolku!"

Stýf na to opáčil: „Počkej, počkej, kapitáne Mekoši, ty jsi skaut, tak přece musíš něco vymyslet! Přeci nedovolíš, abysme pluli touhle galaxií neozbrojeni. Tuhle Čenda nás už zachránil od málem jistý smrti hned takhle po ránu, ale ten má teď svůj ešus bůhvíkde."

Mekoš si prohrábl svůj mocný plnovous, pak se podrbal na holém temeni a koukal kolem sebe. Najednou jakoby se mu nad hlavou rozsvítila žárovka, sáhl po prázdné petce od piva, odšrouboval víčko a do víčka udělal nožem malou dírku. Pak nabral do lahve vodu z řeky, zašrouboval víčko, namířil na Stýva a zmáčkl.

„Heuréka, funguje to!" zajásal Mekoš, „akorát je potřeba zvětšit dírku," dodal tónem zkušeného vědce.

„Co blbneš, člověče, co do mě pálíš ostrejma, chceš mě snad zabít, nebo co?" začal se čertit Stýf.

„Sorry, no, se omlouvám, ale v zájmu vědy občas když se kácí les, tak lítaj třísky, a někdy je prostě nutnost něco té vědě obětovat. Na, tu máš speciální rum z planety Hophotam, která je v galaxii Eštějedno. Tenhle rum má takovou speciální vlastnost, že když se ho napiješ, tak se ti rána během chvíle zahojí a ty budeš mít pocit, jako bych tě pocákal běžnou vodou, a pak budeš v pohodě."

„Dobrá, Mekoši, to zní jako rozumnej plán, dej to sem, ať jsem zase vyléčenej a zdravej. No ale hlavně už máme i fejzry! Dobře ty!" pochválil Stýf a během chvíle bylo na světě fejzrů několik, jak malých příručních, tak velkých děl o objemu dva litry plazmy…

Nejdřív se strhly hvězdné války mezi jednotlivými kapitány uvnitř skupiny, později se přesunuly na kolemjedoucí posádky.

Navečer dorazili na Hubertus. Všichni se už těšili na ten klenot českých řek, nicméně se rozhodli, že si peřej sjedou až ráno. A Stýf tady objevil skvělej kemp, dobrý pivo i dobrý jídlo a naprosto ho to nadchlo. Přišel za Čendou a povídá: „Tady je moc pěkně. Chápeš, oni nejen, že tu maj kafe, teda jakože opravdový kaťe, a ne jenom ušpiněnou vodu, ale oni tu maj i bezlepkovej chleba!"

Navečer se usadili k ohništi, a když vytáhli kytary, k jejich ohništi přišli další vodáci si poslechnout a zazpívat písničky, které si kluci brnkali. Písničky, které patří večer k ohňům, když si chtějí vodáci opravdu zazpívat. Přišla tam i skupinka tří holek, jejichž stan stál nedaleko ohniště. Pomalu se všichni seznámili s Magdou, Luckou i s Eliškou, a začal vodácký večírek tak, jak to mají mazlíci rádi. Kolem šumí řeka, kytary drnčej dlouho do noci, pivo po náročném dnu na pádle teče proudem a všichni se usmívaj a baví. Navíc dívkám kromě toho, že jim to slušelo, tak jim to i pěkně zpívalo, což je vždy vítaný bonus, jehož je třeba si vážit. Zvlášť jste-li celý den v partě samejch dementů, co nemají nic jinýho na práci, než vymyslet, jak vykrást hvězdu smrti, která je – a to je náhoda – v současné době ukrytá kdesi v nějaké galaxii poblíž planety Země a přejmenovali ji z nějakého záhadného důvodu na Karlovy Vary.

O něco později přisedl k ohni další kluk, představil se jako Dejf, a že tu čeká na kámoše. Chvilku stál, pak si sedl, občas si půjčil kytaru a dokázal i něco zahrát. Když si pak zapálil cigaretu, tak se ho Čenda, kterej seděl vedle něj, zeptal, co tady dělá a jestli je tady sám.

„No, měl jsem tu nějakou práci, která končí a já jedu dál někam jinam. Tak jsem si sjel aspoň kousek řeky a nad ránem mě má vyzvednout jeden můj známej, kterej jede kolem, tak tu na něj čekám. A peníze na vlak můžu propít," usmál se Dejf.

Když pokročila noc, obecenstvo se postupně začalo vytrácet, pak šly spát i holky s přáním, aby jim byla zahrána nějaká pěkná písnička do spacáku. A usmály se tak, že i Stýf, který jinak romantiku odmítal jako přežitek, si odkašlal a spustil Nohavicu a jeho klasický vodácký flák Zatímco se koupeš. Pak pomalu odpadli úplně všichni, jen Čenda a Dejf ještě zůstali u ohně. Čendovi se ještě nechtělo spát, tak si s Dejfem povídal. A začal zjišťovat, že to asi není úplně normální chlapík. Začali si spolu povídat o tématu, které Čendovu partu provázelo od začátku, tedy o vesmíru, a Čenda najednou slyšel o galaxiích a planetách, jako by tam tenhle člověk byl, a všechno to znělo tak zajímavě, že se ho i na to zeptal.

„No, já jsem tam fakt byl," odpověděl Dejf.

„A prosím tě, cože to máš za pití v tý lahvi?" usmál se Čenda.

„To je běžná voda."

„Počkej, to jako že nejsi z týhle planety?"

„No jasně, Šerloku. A tobě to říkám, protože seš mi poměrně sympatickej."

„No, a teď kontrolní otázka, jo: Jak mi to chceš dokázat?"

„No, to ti nemusím dokazovat. Respektive už se stalo, před asi patnácti minutami jsme přešli na telepatickou frekvenci. Přece bych to, že nejsem z týhle planety, nevykládal nahlas."

Čenda se zarazil, protože to byla pravda. Doteď si toho nevšiml, ale vlastně už dlouho nepoužil rty. Překvapeně se podíval na Dejfa:

„Fakt spolu mluvíme telepaticky?"

„No jasně, copak hýbeš mluvidly?"

„Nehejbu. Jak je to možný?"

„Podívej Čendo, já už nemám dost času a ona to je tak technicky relativně náročná disciplína, že nemá smysl ti to teď vysvětlovat. Ale je to super, ne?" usmál se Dejf.

„No, to je. A na co tady vlastně teď čekáš?"

„Na stopa, který mě vezme blíž mojí domovské planetě. Má tu kolem letět jedna nákladní loď, která mě vezme na palubu."

„Hele, počkej, a co naše pozemský radary, nezaregistrujou vás?"

„Nezaregistrujou, vám to ještě bude trvat, než nás budete mít na radarech. Toho se nebojím."

Čenda se odmlčel. Teda technicky mlčel už dlouho, ale najednou neměl slov. Pak se zeptal:

„Dejfe, ty vlastně kalkuluješ s tím, že i když o tomhle rozhovoru budu někomu vyprávět, tak mi neuvěří. Za chvilku odjedeš a mně zbyde jenom velmi nepravděpodobná historka. Je to tak?"

Dejf se usmál: „Přesně tak. Pálí ti to. Ale zas na druhou stranu, ty už víš, jak to je. A třeba se ještě někdy někde potkáme."

Pak Dejf vytáhl z kapsy takovej zvláštní přístroj, kterej Čenda ještě nikdy neviděl, a kterej různě blikal. Pozorně se na něj zadíval a řekl: „Hele, Čendo, díkes za společnost a za muziku. Mně to za chvíli letí, tak běž, prosím tě, kousek dál. A ahoj!"

Čenda řekl ahoj a najednou se zablesklo. Na setinu vteřiny zahlédl jasný kužel světla na místě, kde před chvílí stál Dejf, a najednou byl u ohně sám. Rozhlídl se kolem sebe. Zrak mu přejížděl po stanech, když najednou si všiml, jak ze stanu, kde spaly holky, kouká něčí tvář. Jakmile zjistila, že ji Čenda spatřil, okamžitě zmizela ve stanu, pak bylo slyšet zapínání zipu a pak zase ticho. Která to byla, Eliška, nebo ta druhá? Těžko říct, někteří lidé vypadají úplně jinak v záři ohně a pak na denním světle. Ale co jim všem ráno řekne? S těmito myšlenkami usnul u kousek od ohniště i on.

Ráno vzbudili Čendu kamarádi válečným pokřikem Borgů. Když se všichni slezli k ohništi na snídani, Stýf přirovnával Magdu k Sedmé z devíti, lákal ji do stanu pod vidinou prohlídky Srdce ze zlata a nikoho nepřítomnost Dejfa nijak nevzrušovala. Čenda se probudil jako úplně poslední a strašně dlouho koukal jako vyoraná myš. Nakonec se vysoukal ze spacáku a dal si nabízené kafe, přímo na ohni dělané.

Koukal hlavně na holky, jestli si nevzpomene, která to byla. Všechny dělaly, že o ničem neví, a Čendovi bylo hloupé, velmi hloupé se zeptat.

Kluci už se balili, přesvědčovali děvčata, aby jely s nima, ale holky že na Hubertusu ještě zůstanou, a že třeba někdy jindy. Čenda si ještě šel ke kiosku dočerpat zásoby tekutin, když se k němu přitočila Magda: „Musím si s tebou promluvit, někde tady bokem."

Čenda se na ní nechápavě podíval, ale Magda pokračovala: „Já to včera viděla. Co to mělo znamenat?"

„Co myslíš tím znamenat? A cos viděla?"

„No, ten Dejf. Co to mělo bejt?"

Čendovi se v hlavě rozsvítilo: „No, hele, můžeme se na chvilku projít kolem? Nerad bych to vykládal někomu dalšímu, určitě by mě měli za blázna, a já se teď po pravdě i tak trochu cítím," odpověděl Čenda.

Magda odpověděla: „Jo, pojď, to prostě musím slyšet."

Když už ušli nějaký kus a byli si jistí, že je nikdo neslyší, řekl Čenda:

„Jo, tenhle Dejf. No, sme pokecali, a pak ho vyzvedl ten jeho kámoš, přesně jak říkal."

„Pokecali? Vždyť jste jenom mlčeli a dívali jste si do očí. To bylo děsivý. Ale nemohla jsem odtrhnout oči. A pak ten záblesk a najednou tam nebyl! Co jsem to viděla?"

„Byl to obyvatel jiný planety. Mimozemšťan, ufon."

„Fakt? Zní to šíleně, ale já ti věřím. Je to jedno z těch logičtějších vysvětlení."

„Víš, já jsem si myslel, že jsem jedinej svědek toho, co se stalo," odvětil Čenda, „a i mě to přijde neuvěřitelný, ale ty jsi důkaz, že se to opravdu stalo. Hele, nejdřív jsme si povídali normálně, pak telepaticky. Ono se to dost blbě vysvětluje. Už teď, když ti to povídám, se cejtím jako zralej na Bohnice."

„Telepaticky?" odpověděla Magda. „To jako jde?"

„No, asi ano. Kdybys věděla, o čem jsme si povídali. Tobě se asi zdálo, že mlčíme, ale my jsme toho probrali celkem dost. Bylo to neuvěřitelný, sám jsem to úplně nevstřebal. Hele, ale mám dojem, že na tebe tvoje kamarádky mávaj a chtěj, abychom došli k nim."

Jak se blížili k partám Čendy a Magdy, řekl Čenda: „Teď si už asi moc nepopovídáme, to bysme vypadali jako blázni oba, je na tebe nějaký spojení, mejl nebo telefon, že bysme se pak někdy potkali a já ti to odvyprávěl celý?"

Magda vyndala tužku a papír a napsala mu svoje číslo. „Určitě mi ale zavolej, a radši mi i napiš tvoje, kdybys tohle číslo někde ztratil." Pak se mu podívala do očí: „Fakt to byl ufon?"

„Obávám se, že ano," odvětil Čenda. „Hele, díky, a určitě se ještě uvidíme." Usmál se, schoval papírek do peněženky a pak spolu došli zpět k ohništi.

„Ale, co vy dvě hrdličky?" zahlaholil Stýf.

„A že zrovna Čenda? To máte slečno teda pěknej vkus, jen co je pravda," přivítal je Marťan.

Mekoš si přidal: „Sem viděl, jak jste si vyměnili telefonní čísla, co to jako má bejt? Ještěráku, jak to vidíš ty?"

Ještěrák se na ně podíval zkoumavým pohledem, a pak řekl: „A já jim to přeju. Teda chudák slečna, to zase jako jó, ale když se maj rádi, tak proč ne. Furt lepší, než ten bezdomovec, kterýho Čenda přitáhl minule."

„Co to zase meleš za nesmysle, jakýho bezdomovce? Prosím tě, dej si rum a buď v klidu."

„Jak řekneš, tak se stane. Pánové, na zdraví ženicha, na zdraví nevěsty!"

„Hele, vy ženiši, armáda Federace nás potřebuje, tak naskákejte do svejch iksvingů a přepněte na první kosmickou rychlost. Letíme!" zavelel Čenda.

Kluci házeli bagáž do lodí a pomalu odplouvali. Čenda se naposled otočil za Magdou, zamával jí, usmál se a zabral. Slunce začalo pálit.

Petr Waber – Me2d

Na vlnách nadšení a znechucení

Loudám se s požitkem po ulicích v proudu cizinců. Nepatřím k těm, kteří, ač sami cestovatelé, nesnášejí své *kolegy* turisty, pošklebují se jejich užaslému šourání a focení. Mě to změtení národů a ras v kouzelném městečku baví, říkám si v duchu; jen obdivujte, foťte, utrácejte! To koukáš, Japonečko? To se divíš, Kanaďane! To zíráš, ruská bárišňo!

Už pár let jsem v Českém Krumlově nebyla. Jsem přitom původem Jihočeška, tohle město jsem poprvé navštívila už před padesáti lety s jistou německou rodinou. Bylo tehdy vybydlené, černavé a šedivé s vytlučenými okny, domy zakryté dřevěným bedněním, to aby na lidi nepadaly pláty omítky, a u té nespatřitelné dojemně krásné renesanční architektury schované za zpuchřelými prkny stály nebo se válely přeplněné popelnice, v nichž sem tam zapátral potkan... Provázel nás pach zatuchliny, obklopovala povykující romčata. V hospodě na náměstí nám přinesli zkažené čevabčiči... Turisté žádní, pokud se nějaký cizinec vyskytl, jen zíral. Vot dělo hovadského rudého režimu.

Přijela jsem tentokrát do vyšperkované *renesanční perly* se synkem, který mě před pár lety získal pro splouvání řek a později navíc pro cestování po exotických zemích. Jsem mu za to namoudušI vděčná. I když *to* přišlo až pár let před mou sedmdesátkou, ale za to on nemůže, mohla jsem projevit

89

zájem dřív. Jsem zdravá a nejsem věchýtek ani koule sádla, lačním po nových zážitcích, sem s radostmi života! V polovině letošního dubna jsem se vrátila s Jirkou z dlouhého cestování po Jihovýchodní Asii, pozítří se odpíchneme z blízkého vodáckého kempu Vltavan na sjezd Vltavy, pěkně ten život odsejpá! Jen je mi divné, že se mi tentokrát z líbezného města, kde jsme pohodlně ubytovaní v malém hostelu Merlin, nějak nechce, na vodu se netěším. Přitom jedu opět s partou skvělých muzikantů a už počtvrté, vím, do čeho jdu – řeka se bude třpytit a házet prasátka na listoví větví, při lenivém a přátelském soulodění poteče napříč loďmi do vyzpívaných krků rum, pivo, víno, destiláty ze zdravého ovoce a zákeřné směsky, k jídlu budou párky, vuřty a pivo, a večer propukne muzika našich kamarádů, skvělých kytaristů.

Přesto nerada opouštím hostel Merlin s pohodlnou postelí, táhneme se pak v horku skoro hodinu s těžkými bágly za město, hledáme kemp, dokonce bloudíme, kde sakra je? Kdy už se vynoří? No konečně! Kemp ve Spolí je velkokapacitní lidojem, nacházíme tam *své lidi* na jednom parkovišti, snažíme se jaksi mezi těmi auty utábořit, tedy vyhazujeme a necháváme nabobtnat samonafukovací karimatky, a už je skoro tma tmoucí, neboli černý pléd sepnutý broží srpku měsíce, když vyhledáváme v báglu čelovky a jdeme vypátrat nějaký výčep a místo venku k sezení, kde by se dalo pobýt, hrát na kytary, popít, i si zakouřit.

A zase hledáme až příliš dlouho, snad dýl než hodinu, rozmrzelí a v tiché tmě, je totiž po sezoně, ale to je prý správné, schválně jsme chtěli vyjet v září, až Vltava nebude *Václavák*, kde je *moc člověků*. No a za každé extrabuřty se platí nějakou nevýhodou, štrapácí.

Nakonec končíme v bohapusté žrádelně s lavicemi před ní v roztahaném vedlejším kempu, kam jsme původně nechtěli, neb je v opovržení u *ahojáků* milujících kamarádské posezení kolem ohně na louce obklopené stromy, jenže břehy Vltavy jsou, vy zastydlí romantici, především zlatou žilou pro podnikatele. Kde se usadí dravý a pragmatický kapitalista, tam zaleze poezie pod břeh, krní tam a křidýlky víří bahno.

No ale máme kde sedět a pivo jim teče, to je základ. Pak následuje známé otálení, obstarávání pitiva, a už je deset, když se teprve vybalují kytary. Brzy se mě zmocňuje už známá radost, zpívání a hraní je skvostné, protože Fox, Beroš, Pígo a další jsou prostě boží kytaristi. Jen mám tu nevýhodu, že špatně snáším opakování téhož. Pokolikáté už slyším, že: *já viděl divoké koně, běželi soumrakem*, a *Proč vlaky co si každou noc pod oknem laděj hlas, polyká díra kamenná, tunel jménem čas*, což je sice moc pěkná metafora, ale slyšena po padesáté ztrácí sílu, pak následuje staré známé ujištění, že *zbejvá jistoty dar, že má každá řeka svoje ústí, zbejvá lidiček pár...* No ale domluvím si, a těm ohraným písním znovu propadnu, pijeme, pějeme, o přestávkách klábosíme, seznamuji se se svým novým kormidelníkem, je to chlap středního věku, žádný vyskákaný vrabec, pěkně spolu lodičku zatížíme, i když jsem shodila za tři a půl měsíce ve Vietnamu a Thajsku deset kilo *neživé* váhy, sádlo v sobě moc života nemá, je mě pořád dost. Vláďa je pohodový sangvinik, moc nemluví, ale vyzařuje klid a rozvahu... Sláva mu.

Nemám celkem nic proti spaní pod širákem někde na louce a stranou od lidí, ale nikoliv v případě, že se válím na štěrku mezi dalšími *zavináči* a umyvadlo s vodou a záchod jsou vzdáleny půl kilometru. Jsemť estét. Soukám se ráno ze spacáku omrněná a s kruhy pod očima, nemytá a s plným močovákem, vyrážím v hadrotě, ve které jsem spala, za ranní hygienou. Až u umýváren si uvědomuju, že jsem si zapomněla vzít zubní karáček a pastu. Provedu, co provést potřebuju, spatřím se navíc v zrcadle, HU! A kráčím zpět pro zubní osvěžovadla.

Mám vlčí hlad a dala bych si čaj s mlíkem. Jasně že není a nebude. Co to? Co to? Jsem náhle jakási zhýčkaná. Ó, být tak teď doma a probírat se chladnými útrobami ledničky, pak rozklepnout na horký olej s osmaženou cibulkou dvě vajíčka a k tomu poslouchat šmidlání kvarteta z rádia Classic. No ale příští děje mě posunují od kuchyňského snění dál a dál, až skončím sbalená na břehu u lodičky a svého kormidlase. Nastrkám vše do barelu a bez potíží s klouby nasedám do lodě, kterou parťák ohleduplně přidržuje, aby se nerozkývala.

A vyrážíme, proud kánoi uchopil do skleněné náruče a nese ji klouzavě jako veselé dítě. Brzy se mě zmocňuje už známá radost, voda voní nad barevnými lesklými oblázky, její povrch se proplétá jako průsvitná svalovina. Řeky jsou fantasmagorické, tečou pořád, aspoň ty v naší mírné Evropě, rodí se stále v prameni a jejich proud končí daleko v moři, jenže to není jejich smrt, o níž se smutně konstatuje ve starodávné písni Život je jen náhoda, že *smrt je jako moře* a že *každý k moři dopluje.* Vody řeky do moře putují stále, řeky tím neubývá, získává další masy vod z přítoků, potoků, deště a slejváků. Jo, voda! Krásná matka všeho života. Na začátku Českého Krumlova, kde jsme už za chvilku, vystupujeme z kánoí před retardačkou u mostu. Jsem opatrná stará kočka, když hrozí nějaká mela, ráda popojdu po břehu. Pak nastupuju zpět, i když poněkud roztřeseně, neboť se mi proud zdá silný, ale co nadělám, do loďky holt musím, neboť naše anabáze teprve začala. Ani nevím, jak se to stalo...

Nemám celkem nic proti cvaknutí, je to i švanda, když se náhle ocitnu v mělké, čisté a lenivě tekoucí vodě, ale tentokrát jsem hodila břehuláčka do hnusného dravého proudu. Snažím se postavit, ale Vltava mi podráží nohy, kloužu na kluzkých kamenech pod hladinu a padám na ně, proud mě unáší a otlouká mě o další velké šutry na dně. Jenže já nutně potřebuju žít, *dyk mi není propánakrále ani těch pitomejch vosumdesát!* Vynořuju se a křičím jak poděs POMOC!, snažím se znovu a znovu postavit, hladina mi sahá sotva po prsa, ale ten hnusný proud mi opět podráží nohy, zas mizím, vynořuju se a křičím a představuju si, jak si život teprve teď pořádně užiju, pokud o něj zrovna teď nepřijdu. Konečně si mě na břehu všimli a usoudili, že jsem fakt ztracená, tak pro mě vlezli a vytáhli mě.

Žiju. Sedám si otřesena na prkýnko v kánoi a voda ze mě stéká, dívám se nepřátelsky na tu odpornou řeku, bylo mi toto zapotřebí?! Riskovat kvůli splutí kousku Vltavy život, když mám předsevzetí žít co nejdýl?! Otlučené tělo bolí. Paže, levé stehno a nejvíc pravý bok. Mám celého pitomého vodáctví po krk! Kdybych se nestyděla před synkem, vystoupila bych a ahóóóój, vy proužkovaní, mějte mě rádi, šla bych oschnout na břeh, nabarvičkovala bych se a kráčela bych pak hrdě přes Český Krumlov na vlak. Domůůůů…

No tak jedeme dál, jako by se nic nestalo, že jo, a co, nakonec mě zachránili, tak dobrý, a drobné peřejky loďku svižně nesou a házejí zrcátka na spodky listů stromů, které vytrčují větve jako objímající paže, a už mám zase inspiraci jak z praku.

Brzy se mě zmocňuje už známá radost, kamarádi už na nás v zátočině meandrující řeky čekají, tak se chytám bortů krajní lodě a jedeme společně jako lodní a lidská masa mírně pochlastávající. Ochutnávám všechno, co ke mně doputuje ve skleněné flašce, kde šplouchá hruškami ovoněná lihovina, v petlahvi září rudé víno, v plastovém kanystru se těší na naše hrdla obávaná i lákavá směska zvaná čert, obsahující zpola vodku a zpola griotku. Nemáme mezi sebou žádného notoráka zavisláka, popíjíme mírně, skoro víc než ty barevné alkoholy nás rozjařuje už zase půvabná a laskavá, stříbrohnědá, průsvitná, skleněná, ale měkká řeka se svalovinou třpytivých peřejek. Spřádám v rozjařené náladě poému na řeku, myslím na Smetanovu Vltavu. Stejně jsem frajerka! Málem jsem se utopila, jsem obolavělá, ale zas je mi už hej, kloužeme po hladině pozdním létem a myslím na blízký barevný podzim, který souzní v duetu se zbytkovým melancholikem v mý duši, nebo co to v sobě mám, jsouce ovšem materialistkou a ateistou. Poezii už dávno nepíšu, ale řeka, ta potvora svůdná, mi ji podává na svém stříbrném podnose.

Nemám celkem nic proti cvaknutí, když má svou osudovou nevyhnutelnost. Jsem už téměř suchá, včetně vlasů, tak to je prima. Vody je sotva po kolena a lehká loď nás málem vznášivě veze, tu vidím před sebou oblý metrový kámen, dokonce vyčuhuje z vody, podobný velkému bochníku chleba, ale řeka je dost široká, objedeme ho. Hlásím, že je před námi velký kámen, spoléhám na svého zkušeného kormidlase, ale naše loď na něj nepochopitelně najede, jako kdyby po ničem jiném netoužila, chvilku se na něm kejklá, rozhoduje se, kam se překotit, až zvolí pravou stranu. Válím se znovu ve vodě, kormidelník též, nohy mi kloužou po oblázcích a vylézám zplihlá do kánoe, už je to blbý! Nebaví mě to, fakt. Jsme oba v té naší lodi kliďasové, víme, že se nemá smysl dohadovat, kdo zavinil, že jsme lodí vjeli na vyčnívající balvan, no ale je to záhada. Proč jsme to vlastně udělali? Zplihla jsem duševně i tělesně, ozvaly se podlitiny z nedávného břehuláčka, jsem tragikomická figura. Znovu osychám, pomalu a líně se ze mě odpařuje říční voda a neviditelně stoupá k lhostejným nebesům.

Konečně vystupujeme *na jídlo*, a brzy se mě zmocňuje už známá radost, je mi jedno kde jsem, kolik je hodin a jak se jmenuju, mám vlčí hlad a touhu po pevné zemi, jdeme kamsi, a tam mezi stromy je stánek s grilem, jsou lavice a stoly, mají tam na jídelníčku sice jen grilované vuřty, ale jaké! Mňamkavé! Z voňavého jídla a nahořklého piva, z klábosení kolem stolu mám mírnou postprázdninovou euforii. Jsem už zase uschlá, člověku podobná, dotýkají se mě paprsky babího léta, požitkářsky pojídám nejlepší klobásu svýho života, kolem vzpírají své kelímky mladí pruhovaní muži, nic nežli kost a sval ve zdravé kůži. To je život! S dobrou náladou a vrnícím žaludkem se vracím na loď, věnuji povzbudivý úsměv svému mlčenlivému kormidelníkovi, ne že by povzbudit potřeboval, je to ostřílený pruhatec a ahoják. Jede se dál, vesele jen vesele, vzpomenu si, že existuje jakási písnička s tímhle refrénem,

a tak si ji broukám: *Vesele jen vesele, život musíš brát, když se tvá-*
říš kysele, kdo tě má mít rád, ale na víc si nevzpomenu, tak už
jen čtu řeku a napadají mě metafory a různá milostná vyzná-
ní životu.

Nemám celkem nic proti tomu, když se některé vybrané ak-
tivity opakují, pokud jsou lahodné, jako každonoční hupsnu-
tí do peřin, nebo jsou zábavné a líbezné jako StarDance v tele-
vizi, nebo požitkářské jako polední voňavá polívka. Ale když
jsme se cvakli potřetí, což jsem už absolutně nečekala! a byla
to od řeky nepochopitelná zlomyslnost, tak na mě spadla, jak
mokrej hadr na podlahu, ta moje známá únava z opakování
téhož. Už sice nešlo o život, ale bylo to nevýslovně otravné.
Navíc – proč si mám už zas připadat jako ubohá, opět zplihlá
slepice, když jsem normálně za sucha orel, teda orlice?!

O týden později stojím doma před velkým pravdomluvným
zrcadlem a téměř obdivuju tmavě modrou podlitinu na vnější
straně stehna ve velikosti dvou dlaní. Bolí. Stejně jako o něco
menší krevní výron nahoře na pravé paži. Jdu to požalovat
synovi vodákovi, ale on říká, jako by mě tím vyznamenával:
Řeka si tě poznamenala. Odmítám se nad tím dojímat. Nehod-
lám si řeku personifikovat. Všechny ty třpytky a průsvitná
svalovina peřejek jsou stejně jen optické klamy. Co není optic-
ký klam je proměna barevnosti mých podlitin a bolest, když
o ně někde zavadím. Tmavě modrá se přešaltovala na fialo-
vou, nakonec ten velký flek zežloutl, byl odpudivý jako vylitá
žluč. Však ono se to vstřebá, říkala jsem si, chce to jen čas, čímž
jsem myslela pár týdnů nebo měsíc, nejvejš dva. Půl roku to tr-
valo!, než se ta podlitina smrskla natolik, až skoro zmizela.
Místo ní se ale ve svalovině stehna objevilo velké tvrdé a bo-
lavé místo. Jakoby se mi pod kůží přestěhoval kámen z řeky.
Tělo se s tím úkazem pralo dalších půlrok, kámen pomalu tál,
malinko ubýval, až z něj zbyl nevelký valounek, a ten je tam
dodnes!

Když přerovnávám skříň s hadříky a zazubí se na mě modrobíle pruhované tričko, tak ten kamínek mi volá do hlavy: Nikam! Doma seď!

A tak jsem začala chodit do posilovny a přihlásila se do Klubu českých turistů.

A místo *ahoooj* zdravím těpic.

Věra Nosková

Konec vodáků v...

Rákosí se líně třelo listem o list, vážky tančily v meziprostoru a bylo vedro. O takovém se říká, že i ptáci chodí pěšky. Nevím. Nahoru jsem nekoukal. A na břeh taky ne. Nedohlídl jsem. Řeka smrděla bahnem a já seděl až po bradu namočený v tom kalném hustém kafi. Zadkem upevněný na kameni podstatně menším než ten, co mi před hodinou kus nad zatáčkou udělal díru do lodi. ŠUTR. Jak já se tam vztekal. Zuřil. Nadával. Tomu šutru. Řece. Sám sobě, že jsem nechal svého protivného háčka nahoře u výčepu, protože já, JÁ to sjedu singl. JÁ přece řeku znám jako svoje boty. MNĚ se přece nemůže nic stát. A zvlášť tady. Na posledním úseku. Kus od kempu. NIC!

A tak jsem nadával na háčka, že mě poslechl. Nadával jsem na počasí. Na ženské. Na zbytek lodi a pádlo kdesi v rákosí. Na vedro, i na ten bláznivý nápad jet letos zase na vodu. Prostě na všechno. A pak se ve mně cosi otevřelo. Nebo zavřelo, já nevím. Odtáhl jsem svoje věci ke břehu, nechal je tam ležet a brodil jsem se po proudu, dokud to šlo a dokud jsem nenašel tohle místo v rákosí. Místo s kamenem a teplým smradlavým bahnem.

Teď už mi bylo konečně všechno jedno. Mezi bzučením hmyzu a vrzáním rákosí jsem občas zaslechl výkřiky. „Kontra! Zaber! Kam čumíš? Levá!" Místní to místo s balvanem asi znali. No, já už taky. Můj vztek a nadávky voda odnesla pryč. Seděl jsem tady v teplém bahně jako sumec. Sumec – ztroskotanec. Sumec – blbec.

A najednou jsem měl to, co už dlouho ne. ČAS. Čas přemýšlet. Čas dýchat. Čas sledovat vlnky, když občas doběhly až ke mně. Čas koukat vážkám do lesklých očí. Všechen čas byl můj. Nikdo mě tu neviděl a já patřil řece a komárům velkým jako vrtulníky. Hráli jsme si spolu na válku. Oni útočili. Neúnavně. Já se občas potopil i s kšiltovkou, aby to neměli tak jednoduché. Stejně vyhrávali. Byli v přesile a měli hlad.

Kdesi vlevo se v bahně převalil kapr z boku na bok. Pokřikování od balvanu prodlužovalo intervaly. Všichni spěchali do kempu. K pivu. Ke guláši. K ženským. K ohništi. K autům. K pivu…

Zakručelo mi v břiše, až se hejno pruhovaných rybek rozprchlo do okolí. Hladový sumec – nebezpečný sumec. Zavrtěl jsem se na placáku, co mě tlačil do zadku, a pohoda byla v čudu. Myšlenky nabraly zpětný chod. Co tady vlastně dělám? Proč nejsem s ostatními v kempu a u piva? Proč?

A proč vlastně? O tu blondýnu, co jsem před ní včera v hospodě dělal ramena, jsem ani moc nestál. Stejně by neměla zájem o sumce obaleného bahnem a s boulemi od vrtulníků na obličeji, až se připlácá pěšky a poslední. Tak o co mi vlastně jde? O vytahování před partou vodáků? O vydělávání peněz? O jídlo? O bahno? To poslední se mi líbilo nejvíc. Teplá bahenní koupel mi čistila hlavu a uklidňovala tělo. Už dlouho mi nebylo tak dobře. Jenže… Vždycky existuje nějaké jenže.

Ty vrtulníky bych zrušil. Pořád vyhrávaly. A taky se stmívalo. Poslední vodáci už zakempovali a teplota vody mi přestávala stačit. Byl jsem tuhej. Tuhej úplně všude včetně zadku otlačeného až na kost. Bolelo to. Bolelo to zatraceně dost. Už jsem to nemohl vydržet. O kousek jsem se posunul, jen trochu změnit polohu, nadzvednout se. A žbluňk. Ztuhlé nohy to nezvládly. Zapadl jsem do vody komplet i s hlavou. Nabral jsem si bahno do pusy, očí i uší a nemohl z toho ven. Na všech čtyřech jsem se plácal k rákosí, hrabal, kopal, zvedal hlavu co nejvýš a pak už konečně i prskal a plival kolem sebe. Podařilo se mi kleknout, chytit se trsu trávy u břehu a dýchat. Dýchat! Tak to bychom měli. Sumec ze mě asi nebude. Ale utopený vodák taky ne. Jen ten blbec, to zůstává.

A přece se mi nechtělo ven. Voda mi dělala dobře. Ještě bych se mohl dobrodit zpátky k tomu záludnému balvanu uprostřed řeky. Sednout si. Auuu. Radši zatím lehnout a pozorovat nebe, jak pomalu zhasíná. A…

Třikrát jsem si protřel oči zabahněnýma rukama, ale ona nezmizela. Seděla na tom kameni zády ke mně. Večerní vánek jí rozděloval dlouhé vlasy na jednotlivé pramínky a v ubývajícím světle měla její kůže barvu rybích šupin. Zelená, modrozelená, tyrkysová, šedozelená, stříbrná, nazlátlá.

Kůže! Ona měla na sobě jen kůži. Už jsem byl zase tuhej a ten sumec uvnitř mě donutil zvednout pomalu nohu. Udělat krok. A ještě jeden. Pomalu se posunovat proti proudu až ke kameni. Nepřemýšlet. Nezastavit. Voda přede mnou ustupovala, komáři zmizeli a vítr sílil. Rusalka tiše zpívala píseň o řece, o její síle, její kráse, a když jsem ji pohladil po vlasech, otočila ke mně ty nejkrásnější oči, jaké jsem kdy viděl. Hluboké. Něžné. Modré. Konečně jsem se utopil. Asi navždycky.

Vzali jsme se ještě to léto na radnici ve Vodňanech a do roka se nám narodily dvě modrooké holčičky. Koupil jsem chatu u přehrady, aby neztratily kontakt s vodou, a jsem šťastný, jak jsem nikdy nebyl.

Jen k večeru, hlavně v létě když se stmívá, je moje Rusalka tak trochu cítit bahnem, a nechce mě pustit na řeku. Má prý tam v tom rákosí za kamenem ještě 59 mladších sester, a co kdyby náhodou…

Vlastimila Hlavatá – Aťka

Sumec

Byl konec nádhernýho letního dne a Stará řeka byla tak líná, jak umí být jen ona. Když ovšem nepočítám rybníky. Ploužili jsme se po jednom z nesčetných volejů, čtyři naše lodě zahákovaný pádlama do soulodící formace. Nebylo divu, že se nám nechtělo pádlovat, slunce pralo do hladiny a vzduch se ani nehnul. Naštěstí do nejbližšího kempu nebylo daleko a při tomhle tempu bysme se tam dostali před soumrakem. Tak kam se hnát, žejo? Nálada na palubách byla taková lenivá, unavená vedrem, plná bzučících much a hovad, který jediný nás dokázaly přimět k rychlejšímu pohybu. To se pak někdo zvedl a namočil si čepici, aby si ochladil svou zblblou hlavu. Obvykle jeho nečekaná aktivita nabudila ostatní k tomu, aby se přidali. A znovu nastalo lenivo.

„Hele, kachnička!" ukázala Gábina malátnou rukou.

Zvedl jsem hlavu. Vodní pták křižoval v místech, kde jsme před chvilkou projeli a prosíval zobákem zakalenou vodu v naději, že jsme svým pohybem zvedli ode dna něco chutnýho. Plácl jsem hlavu zase na záď, tak zajímavá ta kachna zase nebyla.

„Je krásná," rozněžnila se kousek od nás Bettyna, „ale už plave pryč, na druhou stranu."

Po chvíli se ozvalo vzdálený zaplácání křídel, zakdákání a pak velký šplouchnutí.

„Ona se potopila," vzdychla překvapeně Gábina.

„To tak kachny dělají," ozval se otráveně Hastrman.

Bettyna ho rejpla palcem mezi lopatky.

„Jenže tahle se potopila jinak, vypadalo to, že ji něco stáhlo pod vodu a že chtěla uletět," řekla.

„Co by jí asi tak mohlo stáhnout pod vodu, když Hastrman tady leží v lodi?" podotknul jsem.

„Krokodýl?" navrhla nejistě Gábina, „třeba někomu utekl. Já už do vody nesáhnu."

„To je blbost," řekl jsem „ta se ještě vynoří."

Nevynořila se. Zato se úplně probral Hároš, kterej až doteď chrněl.

„Tady něco sežralo kachnu?"

„Stáhlo pod vodu," upřesnila Betty.

„To musel bejt sumec," rozsvítily se Hárošovi oči a bylo zřejmý, že rybář v něm se právě probudil.

Chvíli se hrabal v loďáku, pak vytasil pytlačku.

„Dneska budeme tábořit tady a já ho večer chytím," prohlásil.

Hastrman se k němu přitočil.

„Na tohle ho chceš chytit? To ti utrhne. Tedy pokud by vůbec zabral. Jestli právě poobědval kachničku, moc velkej apetit mít nebude."

„Uvidíme, třeba jo, aby dostal kachnu, musí mít nejmíň osmdesát kilo. To bych ho asi fakt na tomhle neutáhnul. Ale zkusit to musím."

„Kde tady ale chceš tábořit? Nesmí se tady," namítl Česnek.

„Jako by to někdy vadilo, že kempuješ tam, kde se nesmí," smetl jeho námitku Hároš.

„Jenže já se těšil na pivo a klobásku," nedal se.

„Je to tři kiláky přes kopec, řeka tady dělá oblouk, tak si doběhni. A ostatní se aspoň projednou vyspí v klidu a bez řevu opilců. Když necháme lodě tady v rákosí a utáboříme se za loukou, pod těma stromama, nikdo nás od řeky neuvidí a nenajde," měl to Hároš už vymyšlený.

Česnek chtěl ještě něco namítat, ale nám ostatním se představa klidnýho a romantickýho sezení zalíbila. Ostatně, ruchu kempu si užijeme zase zítra.

„A co s ním uděláme, jestli ho chytíš?" zeptala se Bettyna.

„Vyfotíte mě s ním a pak ho pustíme," odpověděl Hároš.

„Sežereme ho," ozval se současně s ním věčně hladovej Česnek.

Zajeli jsme ke břehu a vytáhli lodě do vysoký trávy.

Hároš zatím pronásledoval na mělčině ryby, aby měl návnadu. Nakonec uspěl a celej od bláta nám ukazoval malýho kapříka, kterýmu měl osud určit roli v nadcházejícím dramatu.

Přišel večer, úplně klidnej, teplej letní večer. Hároš hodil pytlačku s návnadou k protějšímu břehu, kde byla mělčina, bahnitý dno i břeh a kde předtím zmizela kachna.

Seděli jsme u malýho ohýnku a polohlasně se bavili. Hároš zakázal hlasitý projevy, smích i hraní na kytaru a zpěv. A čekali jsme dlouho.

Ale světe div se, nakonec se Hároš dočkal. Špulka s pytlačkou se mu v ruce zacukala a napnula kolík, u kterýho byla přivázaná. Těsně před tím, než ho vyvrátila, ji popadl Hároš, zasekl a začal pomalu pouštět. Tedy, spíš chtěl pomalu pouštět. Ve skutečnosti se mu špulka v ruce roztočila jako káča a Hároš se ji jen bezmocně snažil brzdit. Když se domotala, ozvalo se zadrnčení a struna praskla. Netrvalo to dýl než pár vteřin.

„No, tak teď už asi hrát můžu," konstatoval Hastrman a sáhl po kytaře.

Pokud byste si mysleli, že to byl konec, šeredně byste se pletli a vůbec neznali Hároše. Ale nám to bylo jasný.

„Chybama se člověk učí," prohlásil a zabavil mi tenký a děsně pevný padákový lanko, co jsem měl na Pálavě jako koňadru. Pak vytáhl ze svýho nádobíčka háček, či spíše hák, na kterej by se dali chytat žraloci.

„Já mu ukážu, kdo je pánem tvorstva," pravil odhodlaně, „ale bude to chtít pořádnou návnadu, teď bude poplašenej. Musí to bejt něco, čemu nedokáže odolat."

Chvilku přemýšlel, pak hupnul do kánoe a jal se brázdit mělčinu u protějšího břehu. Poklepali jsme si na čelo a šli zase k ohýnku.

Hároš se za další půlhodinu vrátil a s ním do tábora vstoupil pekelnej puch rybiny. Pocházel ze dvou chcíplotin, kterýma se Hároš vítězoslavně chlubil.

„Budou mu vonět a neodolá," vysvětloval.

Hároš napíchl jednu zdechlinu na hák a nahodil ji do stejnýho místa jako minule, do mělký a bahnitý části rybníka na protějším břehu. Padákový lanko si přivázal k opasku a sedl si do pálavy v rákosí, aby měl pohodlí. A čekal.

Doufali jsme, že se mu to povede, Hároš si bude moct zapsat úlovek do deníčku, konečně dá pokoj a my budeme moct zítra zase vyplout.

Dočkali jsme se.

„Je to tady!" zařval Hároš, zapřel se nohama, pevně sevřel lanko a trhnutím zasekl. Ze tmy nad řekou se ozývalo hlasitý šplouchání a plácání.

„Chceš pomoct?" zavolal jsem.

„Zatím v pohodě, napřed ho musím utahat, než ho vytáhneme ven," odmítl.

I tak jsme se pomalu zvedali a šli k vodě.

Lanko mizelo v temný hladině. Pak dojelo do konce, našponovalo se tak, že doslova vystřelilo z vody. Hároš seděl v pálavě v úhlu pětačtyřiceti stupňů od vody, zapřený nohy napnutý k prasknutí, prohnutej jak luk, jak ho opasek táhl. Ale držel.

„Mám ho, držím ho," řval a adrenalin z něj doslova cákal, „teď už je můj."

Sotva to dořekl, kolík, kterej držel loď na břehu, povolil a ta se dala do pohybu. Sklouzla do vody a než jsme k ní doběhli, zůstala po ní jen zpěněná brázda jak za rychlým člunem. Ze tmy nad vodou se ozýval skomírající Hárošův řev. Ochromeni hrůzou jsme našli baterky a svítili na vodu. Ani Hároše, ani loď jsme nikde neviděli.

„Ten sumec ho utopil!" vydechl Hastrman.

„To je nějaká blbost," vzpamatoval se první Česnek, „minimálně pálavu bysme museli vidět, tu by pod vodu nestáhl. Tak kde je?"

Odpověď přišla vzápětí. Z druhýho břehu se ozvalo praskání dřeva a k naší úlevě i další Hárošův zoufalej výkřik. Skočili jsme do lodí a vyrazili.

Místo, kde Hároš opustil řeku, jsme našli snadno. Ve světle čelovek jsme v bahně viděli zřetelnou rýhu, na jejímž konci ležela pálava a pomalu z ní ucházel vzduch. Důvodem byl ostrej klacek, na kterej se velkou silou napíchla. Za lodí pokračovala v bahně menší rýha, jak tady Hároše, poté, co byl katapultován z lodi, cosi táhlo.

„Ty vole, to nebyl sumec, to snad byl opravdu krokodýl," vydechl jsem.

„To je teď jedno," zařval Česnek, „musíme z toho Hároše dostat!"

Vyrazili jsme po stopě. Křik se nám vzdaloval.

Nevím, jak dlouho jsme se řítili lesem a sledovali tu stopu, připadalo mi to nekonečný. Pak se daleko před námi ozval výstřel.

Na okamžik jsme strnuli, ale hned zase pokračovali. Před námi se objevila cizí světla a zaštěkal pes.

„Stát!" ozvalo se. Zastavili jsme.

Trojice světel se k nám přiblížila a postavy, který k nim patřily, byly před náma. Pes nás očuchával.

„Co tady děláte, nevíte, že se to tohodle lesa teď nesmí, že tady střílíme divočáky? Všude jsme dali cedule," ozval se přísnej hlas.

Byl to hajnej se dvěma lovci.

„My tady hledáme kamaráda, odtáhl ho sumec. Vlastně asi krokodýl," vykoktal jsem ze sebe.

„Doprdele, mně se tady po lese potlouká parta ožralých vodáků," konstatoval znechuceně hajnej, „všechny nám vyplaší. To nemůžete chlastat v kempu?"

Jsou věci, který prostě nevysvětlíte. Moc se s námi nemazali, vzali nás mezi sebe a šli jsme.

„Jsem zvědav, jestli jsem trefil aspoň toho jednoho," zamumlal si pod vousy hajnej.

Ze tmy se ozvalo zaštěkání.

„Azor ho dohledal," ozval se jeden z lovců. Za chvíli jsme byli u psa. Teď bylo na hajným, aby se divil. Místo střelenýho štětináče tam ležel Hároš. Byl celej černej od bláta, ve vlasech větvičky a trávu, u pasu pořád ještě přivázaný to nešťastný lanko, jež mizelo v temnotě lesa před námi. Nehýbal se.

„Je živej, dýchá," řekl Česnek, kterej se k němu vrhl.

Spadl nám kámen ze srdce. Česnek vlepil Hárošovi láskyplnou facku a ten na nás vypoulil šilhající oči.

„Mám ho?" zeptal se roztřeseným hlasem.

Nechali jsme Hároše pod dohledem Česneka a společně s lovcema to šli zjistit. Nešli jsme daleko, na konci toho ležel statnej kňour, v boku krvavou díru od kulovnice a na tlamě, mezi rypákem a klem, zaseknutej velikej rybářskej háček.

* * *

Navzdory nočnímu ponocování mě to ráno vytáhlo ze spacáku hodně brzo. Sluníčko sotva vykukovalo na obzor, nad vodou se válela mlha.

O kus dál vyspával Hároš lehkej otřes mozku a zklamání z nepovedenýho úlovku. Hajnej nám ho v noci za neustálých výčitek dovolil naložit do lodě, když předtím Hároš rezolutně odmítl návštěvu špitálu. Přivezli jsme i nešťastnou pálavu.

Šel jsem k řece. Bylo docela teplo, ve vzduchu byla cítit vůně vody, bahna a rybiny. Vlastně ta rybina smrděla. A to hodně. Podíval jsem se kolem sebe. Aby ne, kus vedle mne ležela Hárošova návnada, která od včerejška ještě trochu uzrála. Vzal jsem klacek a s jeho pomocí zdechlinu katapultoval co nejdál od břehu.

Chvíli tam ležel, pak se hladina pohnula, vyvalily se vlny zdola, objevila se veliká fousatá tlama, která se otevřela tak, že by spolkla i fotbalovej míč, naráz pohltila celou rybu a zajela do vody. Nekonečně dlouhou dobu ji následovalo dlouhý tělo s mohutnýma ploutvema. Pak se zase hladina utišila.

Tak tohle Hárošovi ani radši nebudu vyprávět.

Jan Frána – Hafran

Psí duše

Hufr, nadskočila poklička na otlučeném kameninovém hrnečku.

Jak mě mohla taková blbost vůbec napadnout? Měl jsem vědět, že to nebude dělat dobrotu, ohlédl se Heřman nervózně. *A ke všemu jsem ho ani neutopil vlastnoručně...*

Hufr, hufr, hufr, zakymácel se hrneček.

„Lehni," nařídil Heřman nejistě.

„Jak to mám asi tak udělat, nechceš mi říct? Když jsem celej takovej... rosolovatej... nebo co..." odkašlal si ochraptělý hlásek. „A mokrej... Jsi tam?"

„Jo, kde bych měl bejt," odbroukl Heřman.

„Poslouchej... nemoh bys mě pustit trochu proběhnout?"

„Nemoh. Kdybys mi frnknul, nebude se dalších dvě stě let v celým povodí mluvit o ničem jiným..."

„Mysli trochu," doporučil mu hlásek drze. „Víš, jak příšerný jsou fronty na vstupenky do psího nebe? A kam jinam bych utíkal?"

„Jak můžeš vědět, že by tě tam chtěli?"

„Všichni umřelí psi se přece dostanou do nebe... Akorát že to někdy chvíli trvá..."

„To je vás tolik?" začínalo to Heřmana zajímat.

„Divil by ses... Jo, já bych moh vyprávět... Ale nebudu, když jsem tu zavřenej," odmlčel se hlásek trucovitě.

Na starý kolena se ze mě stává měkota, zaváhal Heřman s hrnečkem v ruce. „Tak pojď, ale jenom na chvilku... A ne že to pak někde vykecáš..." nadzdvihl pokličku. Mlhavý chomáček se chvíli třepetal v průvanu a pak se pomalu snesl k zemi.

„Dík," oklepal se střapatý voříšek. „Neumíš si představit, jaká je uvnitř nuda... Ještě větší, než bejt uvázanej u boudy. Hele, co ty jsi vlastně zač?" naklonil tázavě hlavu.

„Hastrman. Přímej potomek nejstaršího rodu říčních hastrmanů v Čechách," byl Heřman na svůj šlechtický původ náležitě hrdý.

„To jako že vodník?" upřesnil si chlupáč neuctivě.

„No... vlastně jo," trochu zrozpačitěl Heřman.

„Tak moment – abysme mezi sebou měli jasno hned od začátku – tohle je tvoje práce?" zvedl přízrak průsvitnou tlapku.

„No dovol! Kdybych si tě vzal do parády já, nestačil bys ani štěknout..."

„Dobrý, dobrý, tak se hned nerozčiluj, měl jsem v tu chvíli trochu jiný starosti, než koukat, kdo se kolem motá..."

„Když už jsme u toho seznamování – u tebe se o nějakým rodokmenu nejspíš nedá mluvit, ale jméno snad máš?" neodpustil si Heřman oplátku.

„Dědoušek mi říkal Baryku, ale teď už je to celkem jedno, takže klidně vyber jiný, jestli chceš," nabídl mu voříšek velkoryse.

„Baryk není špatný... A když už jsi na to zvyklej..."

„Že jo?" zašklíbila se prošedivělá tlamička potěšeně. „Hele, nemoh bys mě trochu zhmotnit? Takhle se nemůžu ani pořádně podrbat..."

„Ty máš blechy?" zasvědilo hastrmana pod frakem.

„Jestli neuměly plavat, tak asi jo," byl už Baryk myšlenkami jinde. „Kde budu spát? Dobrý, dobrý, nedělej si starosti, něco si najdu," vyhrkl, když Heřman zavadil pohledem o hrnek.

Podfukář... Prý – budu vyprávět... A usnul jako zabitej... zhasl Heřman petrolejku.. *Proč vlastně jako,* natáhl se s povzdechem na rozvrzanou postel.

„To tady celej den jenom takhle sedíš?" zívl psík otráveně.

„A co bych měl podle tebe dělat?"

„No… snídani… A pustit slepice… Ty nemáš slepice? Ani králíky?" odmlčel se na chvíli. „Hele… když je nemáš, taky sem už nikdo nechodí?"

„Jak, nechodí?" nechápal Heřman.

„Normálně… Dokud jsme s dědouškem měli slepice a králíky, jezdil k nám Tóna–"

„Jakej Tóna zase?"

„Dědouškův syn, přece… No tak ten k nám jezdil každou neděli, pro vajíčka. Nikdy se teda moc nezdržel, ale stejně byl dědoušek takovej jinej, potom. Takovej… veselejší… No a pak jezdit přestal, když byl dědoušek v důchodu a nemocnej…"

„Co znamená v důchodu?"

„To je když máš málo peněz, protože už jsi starej a nemůžeš pracovat. Ale na mě dědoušek nešetřil, to si nemysli, že bych měl hlad, nebo tak… Jenom… už jsme se neměli tak *úplně* dobře… Nemohli jsme třeba do hospody na pivo… A na guláš… Hele, ochutnal jsi někdy guláš? Nebo třeba utopence s cibulí? Ne? Tak to jsi teda o hodně přišel… Takovýmu pořádně uleženýmu…"

„Podrobnosti vynech," zezelenal hastrman.

„Tvoje chyba… Takže… kde jsme skončili… Jo, u těch peněz… Dědoušek musel kupovat moc léků, víš? A stejně mu nepomáhaly, pořád byl nemocnej víc a víc… A potom umřel…" ztratil se psík ve vzpomínkách.

„Počkej," odkašlal si Heřman, „a kdo tě teda to… no ty víš co…"

„Utopil? No snad sis nemyslel, že dědoušek?! Dědoušek mě měl rád, abys věděl," zajíkl se voříšek.

Svatá psí prostoto, duší z čistý lásky já míval plný police, povzdechl si Heřman v duchu. „Takže to byl ten… jak že jsi mu to říkal?"

„Tóna... Jo, kdo jinej by se mě asi tak potřeboval zbavit... Napřed mě nechal uvázanýho na řetězu vzadu u kůlny... Jenže mu to nevyšlo, sem tam mě nakmili sousedi... No a když přijel znova, tak všechno vyházel na dvorek a spálil, i dědouškovo křeslo, i šaty a knížky... A mě strčil do pytle s kamením a hodil do řeky... Řeknu ti, není o co stát... A jestli se tím živíš, tak fakt nemáš bejt na co pyšnej..."

„Brzdi, kamaráde," urazil se vodník. „Jednak to patří k řemeslu... A za druhý... Víš ty vůbec, co všechno my máme na starosti?"

„Co jsem zatím viděl, zrovna ty se nepřetrhneš... To dědoušek se musel jinak ohánět..."

„A jak jste dopadli," usadil Heřman psíka.

„Protože byl dědoušek poctivej... A poctivě se dneska neuživíš..."

Něco na tom bude, zamyslel se Heřman. *Řeky si dřív taky jinak vážili... Čistá byla, že se kamínky na dně nechaly počítat... A těch ryb... Opravdovejch ryb, ne tohohle nasazenýho póvlu...*

„Když už teda na to přišla řeč... co že to vy hastrmani děláte tak stráááásně důležitýho?" nedal voříšek chvíli pokoj.

„Jestli chceš zase rejpat," varoval ho Heřman podezíravě.

„Nejsi na sebe nějakej náhlej?"

„Od tebe to sedí... Tak poslouchej," nadechl se hastrman k přednášce.

„...a hlídat potěr, jak roste, a jestli se nepřemnožily štiky..."

„A cos dělal, když se přemnožily?"

„Polívku," seběhly se Heřmanovi sliny.

„Pak kdo myslí pořád na jídlo," ušklíbl se Baryk.

„Kdyby ses víc jak půl století živil jenom potočnicí..."

„No... Ty plesnivý zbytky, co mi házeli přes plot, taky za moc nestály... Hele, moh bys mi ukázat jez? Jako tady odsud, zezdola..." odváděl rychle chlupáč řeč.

„Proč bych nemoh," narovnal se Heřman dotčeně.

„Ve starým rajónu jsem takovejch měl na starosti šest… A k tomu všechny mosty a lávky až k soutoku," s psíkem v patách pomalu obcházel kamenné pilíře.

„Hele, ne že se zase naštveš, ale… Není to tu takový… krapet zašlý?" prohrábl Baryk tlapkou nános řas.

„Komu už dneska záleží na tom, jak vypadá řeka…" pokrčil Heřman rameny.

„Tobě by mělo, ne? Když se pořád vytahuješ, jakej jsi profík…"

Na vesnickýho podvraťáka docela slušná slovní zásoba… Profík… zacukaly Heřmanovi koutky. „Jo, bejvávalo… A že jsem všechno míval nějak v rychtyku… Vrby zastřižený tak zrovna, aby dávaly stín… A toho bahna do tůní pro sumce co já se nanosil…"

„A?" přerušil Baryk zasmušilé ticho.

„Co a?"

„A dál?"

„Dál postavili fabriku… V tý nejhezčí zátočině…" odsekl Heřman roztrpčeně.

„No a co?"

„Jak – no a co?! Tebe by bavilo sbírat chcíplý raky? A mít všechno zapatlaný od nějaký smradlavý břečky?"

„Asi ne…" uznal voříšek váhavě.

„No vidíš. A já to měl vydržet?"

„A vydržel?"

„Nějakej čas jo…"

„A pak?"

„Umíš říct taky něco jinýho?" utrhl se Heřman podrážděně. „Pak jsem se odstěhoval, když už to teda mermomocí musíš vědět," dodal po chvíli smířlivě. *Do zarostlýho, slepýho ramene, kde se líhnou tak akorát žáby a komáři…*

„Teda… nechci ti do toho mluvit…"

„Co tě znám, neděláš nic jinýho, takže se nežínýruj…" přecházela Heřmana mrzutost.

„No, víš... Napadlo mě... Trochu vylepšit by se to tu nechalo, ne?" nadhodil psík opatrně.

Nejspíš jo... Aspoň se ten štěkal zabaví, nebránil se hastrman.

„Skoro dobrý," rozvířil Baryk písčité dno pod splavem.

„No jen se pochval," promnul si Heřman bolavý kříž. „A hlavně už nic nevymejšlej, pro letošek končíme..." hnal vítr nad řekou barevné listí.

„Víš, jak je teď venku krásně?" vzhlédl psík toužebně k hladině. „Podzim jsme měli s dědouškem nejradši... Chodili jsme na houby... A štípali dříví... A vybírali řepu a brambory... A dědoušek se vždycky smál, když jsem v brázdách hrabal myši..."

„Tobě je tu smutno, viď?" nenapadlo hastrmana poprvé.

„Tak víš co? Běž. Běž si do toho svýho nebe..."

„Počkej... To jako že doopravdy? Teď hned?"

„Jo. A dělej, než si to rozmyslím," nestačil Heřman sám nad sebou žasnout.

„Nejde to," narazil Baryk čumáčkem o hladinu.

„No jo, vlastně... Zaklínadlo... Bez něj tě řeka nepustí," vzpomněl si Heřman. *Jak ono to bylo...* zalistoval knihou v ohmataných kožených deskách. „Hele, tady... Tak poslouchej..." nadechl se. „Protože sis, duše, odpykala svoje pozemské hříchy–"

„To můžeš klidně vynechat, psi žádný hříchy nemaj," ošil se psík netrpělivě.

„Nezačínej zase," ztratil vodník rozečtený řádek.

„...a jsi zase čistá jako čerstvě padlý sníh, dávám ti svobodu. Můžeš," zaklapl knihu.

„Tak se tu měj... A dík," zavlnilo se průsvitné tělíčko v proudu, po hladině se rozběhla kola...

...a je fuč... Ani se neohlídl, pacholek, zamrzelo kdovíproč Heřmana.

Co jsem taky moh čekat od někoho, kdo žil s člověkem, zadíval se Heřman na prázdný proutěný košík.

Hufr…
   Hufr, hufr, hufr…
   „Zapomněl sis tady něco?!" rozrazil Heřman dveře.
   „Tak trochu," podrbal se voříšek zadní packou za uchem „Hele, kdo ti bude pomáhat, až budeš úplně starej?"
   „Jak… pomáhat?"
   „Normálně… Podávat hůl… A pantofle… Dědouškovi jsem potom chodil i pro nákupy… Tak jsem myslel, když taky nikoho nemáš… že bych tu moh ještě nějakej čas zůstat… Teda jestli chceš…?"
   „To ses jako vrátil jenom kvůli tomu, jo?" změřil si Heřman psíka nedůvěřivě.
   „Ne asi… Tak chceš nebo ne?"
   „Jo… Jo, to by od tebe bylo vážně hezký…" přikývnul vodník pomalu.

„Spíš?"
   „Rád bych," vytrhl Heřmana ochraptělý hlásek z dřímoty.
   „Pamatuješ, jak jsi mi vyprávěl o štikách?"
   „Co je s nima?"
   „Teď zrovna nic… Ale ráno bysme se mohli zajít podívat, jestli by jich už nebylo dost… Na tu polívku…"
   Já věděl, že to nebude jen tak, skryla tma hastrmanův úsměv…

Barbora Dvorecká

Výročí

Už zase. Já ho asi zabiju. Lída hypnotizovala vchodové dveře a občas jí pohled sjel přes nástěnné hodiny ke skleničkám a rulandskému šedému, připravenému na stole.

Už je to skoro čtvrt hodiny. On na to už zase zapomněl. Vzdychla a šla si sednout k počítači. Otevřela včera rozdělaný technický výkres, pustila si Beyoncé a chtěla pracovat.

Za pět minut zjistila, že ještě nenakreslila ani čárku a jen zírá na čtyřiadvacetipalcový monitor před sebou.

Ale v hlavě jí cosi klíčilo. Ta myšlenka byla hranatá a stejnostranná, čistá, technická, dokonalá.

Technika. Logika. Taktika.

To je ono. Všechno je řešitelný. Musím analyzovat problém, najít možná řešení, určit postup a pak ho provést.

Jejích deset prstů se majetnicky rozprostřelo nad klávesnicí a pak se po ní rozběhlo jak stádo útočících pavouků.

Memorizační techniky, vyťukaly v rychlém staccatu.

Když zarachotil klíč v zámku, byla už klidná. Poslední půlhodinu brouzdala internetem a měla pocit, že už je blízko k řešení. Začínala v ní doutnat naděje, že jestli to udělá správně, bylo tohle poslední výročí, na které její Páťa zapomněl. Nechtěla si to pokazit tím, že mu to dá pořádně zbaštit, i když původně si nepřála nic jiného. Zvažované scénáře projímadla v jeho milovaném štrůdlu a půlročního odepření sexu se scvrkly na tázavý pohled. Dojde mu to aspoň teď?

„Ahoj, kočko, jsem doma," zvolal Páťa vcházejíce do dveří, než si všiml, že stojí tři metry od něj opřená o kuchyňský stůl. „To nebudeš věřit, jakej trouba k nám dneska..." v tu chvíli přes její rameno zahlédl skleničky a víno na stole. „Něco slavíme?"

„Ne, už ne, zmeškal jsi oslavu. Měla jsem tady velkej mejdan," podotkla sarkasticky.

„Promiň, Liduš, vždyť víš, že já si nic nepamatuju..." evidentně ani netušil, co je za den.

Dal jí pusu na ušní boltec. Žehlil si to. Většinou to fungovalo. Ale tentokrát ne.

„Tak to mi to určitě vynahradíš o víkendu, viď?" prohodila.

Páťa se na ni podíval s výrazem raněné laně. „Liduško, tenhle víkend nee, to přece jdeme na bazén eskymovat a přijde tam i Vavřinec Hradilek, to bys mi přece neudělala, že ne?" a líbnul ji znovu na ucho.

Lída se beze slova otočila a zmizela v obýváku. Nebyla nijak zvlášť naštvaná. V podstatě to čekala. Ale nechtěla vzbudit podezření. Nesměl tušit, že něco kuje.

Fixace informace je nejefektivnější při paralelním silném emocionálním prožitku, zvláště má-li tento přímou souvislost s informací určenou k zapamatování. Fixace je tím efektivnější, čím pevněji je subjekt emocionálně svázán s prožitkem.

Blog tvořil nějaký psycholog.

Lída si udělala kafe a znovu si pročítala článek.

Takže mu musím způsobit silný emocionální zážitek.

Počkat. To nebude stačit. Možná si to zapamatuje, ale zapomene datum. Musím mu to číslo vypálit do mozku.

Hlavou se jí mihla představa laseru, gravírujícího číslici 9 do povrchu šedé kůry mozkové.

Musí ho mít na očích… Ale jak zajistím, aby na něj celej den musel zírat? A co mu provést, aby si to pamatoval?

Ve chvíli, kdy si Lída položila tuhle otázku, najednou znala odpověď.

Její zrak padl na Páťovo kajakářské pádlo opřené v rohu.

Páťa byl vodáckej fanatik. Jezdil na kánoi, kajaku i raftu, v zimě chodil trénovat eskymáky „na bazén", a volné chvíle trávil v létě na slalomovém kanálu v Troji.

Poprvé ji pozval na vodu v den, kdy se seznámili. A už nikdy to nevzdal. Už se z toho stal malý rituál, u kterého oba věděli, jak dopadne. Páťa někdy jel na singla a někdy sehnal jiného háčka.

Lída nežárlila. Brala chlapy s rezervou a sama taky nebyla úplně svatá, hlavní pro ni bylo, že se jí ten její chlap vrátí. Byla toho názoru, že v páru si musí každý uchovat svůj osobní prostor, aby mohl fungovat dlouhodobě. Svým způsobem jeho výjezdy vítala. Udělala zatím spoustu práce.

Ke stanování měla odpor už od dětských let, kdy s rodiči stanovali každé léto u Mácháče. Byla tam nuda, s nikým se tam dost neskamarádila a koupání ani slunění ji nelákalo. Ještě tak školy v přírodě, tam se aspoň spalo v normálních domech. Představa škvorů a pavouků, kteří po ní můžou ve spánku beztrestně běhat, ji naplňovala takovým odporem, že pro ni nebyl problém Páťovu vábení odolávat ani v dobách největší zamilovanosti.

Tak teď se to tedy změní.

Otřásla se odporem.

Dobře, poprvé a naposled.

Když měl Páťa dva týdny poté narozeniny, zeptala se ho Lída při večeři, co by si od ní přál ze všeho nejvíc.

Vlastně to byla v podstatě řečnická otázka. Byla by velice překvapená, kdyby řekl něco jiného. Páťa ale nezklamal.

Vítězoslavně se na ni podíval. Uvědomil si, že má jedinečnou příležitost.

„Abys se mnou jela na vodu," prohlásil, zkoumal její obličej a marně potlačoval vítězoslavný výraz v očích.

Lída se zatvářila unaveně. „Co mám s tebou dělat," řekla.

Páťa k ní přistoupil, objal ji a vlepil jí pusu na čelo. Zářil přitom, jako kdyby ve sportce vyhrál deset milionů. „Uvidíš, miláčku, bude se ti to líbit!"

Ale tobě ne, prolétlo jí hlavou a hned se zastyděla. Proč si připadala jako zrádkyně?

Ale pak se zatvrdila. Vzpomněla si na všechny výroční večery, kdy na něj marně čekala. A vlastně mu přitom splní největší přání jeho života. To je přece fér!

Už když byla Lída malá, místo pokojíčku s panenkou si na rodičích vydupala autodráhu. Pak objevila ve sklepě Merkur po dědovi a úplně mu propadla. Po matuře ji vzali na techniku přednostně. Její neoblíbenější seriál byl MacGyver.

Smysl jí dávalo jen to, co mělo své zákony a postup, který se dal opakovat, měla ráda procesy, systémy, čísla a tabulky. Byla zvyklá nejdřív pochopit pravidla a nastudovat postup, co nejpřesněji ho provést a očekávala predikovatelný výsledek.

O vodáctví věděla právě tolik, aby tušila, jak se dostat k dalším informacím. A taky měla Páťovu vodáckou knihovničku, ve které si mohla studovat.

Jedna knížka ji zaujala svým titulem: *Cena adrenalinu*. Adrenalin a emoce jdou ruku v ruce. Touhle začne.

Lídiny poznámky v Evernote se začaly množit a v hlavě se jí začal rýsovat plán. Vypadalo to, že čím zkušenější vodák, tím větší ostudou pro něj je, když se s lodí zvrhne. *Cvakne*, opravila se. A že se Páťa považuje za skvělého vodáka, jí bylo jasné. Pamatoval by si, kdyby se cvakl devětkrát v jediném dni? Když si vzpomněla, jak se nafukoval, když sjel Jizeru za povodně bez jediného cvaknutí, vůbec o tom nepochybovala. Měla pocit, že na to kápla.

Už věděla, že bude zřejmě sedět na lodi před ním a on bude mít celý den na očích její záda. To bude její *gravírovací plotter.* Nerada nechávala věci na poslední chvíli a hned další den se vypravila do CopyGeneral.

„Chcete to číslo dopředu i dozadu?" zeptala se jí slečna za pultem, když zadávala zakázku.

„Jenom na záda. Ale aspoň ve formátu A3!"

Slečna kývla a vydala jí potvrzení.

„Přijďte si za týden."

Tak, triko bychom měli, odškrtla si v duchu Lída.

Cena adrenalinu ji vyděsila, v každé druhé povídce byla řeka divoká či rozvodněná a jez zabijácký, semtam dokonce někdo umřel. Párkrát ji napadlo, zda by radši neměla obětovat výročí a zůstat doma. Ale už to slíbila. Umínila si, že přijedou-li k jezu, ještě před ním z lodi vystoupí, ať na ni bude Páťa naléhat jakkoli. Přece se nenechá kvůli výročí zabít!

Další na řadě byla tenká knížečka od nějakého Šmída, kterou jí dal Páťa k prvním společně slaveným narozeninám. Nikdy ji neotevřela. Ale pochopila, že pro něj má zvláštní význam. Dokonce ji tenkrát označil za „vodáckou bibli", to si pamatovala i po pěti letech, přestože nebyla věřící. Nebo snad právě proto.

Jednou večer, když byl Páťa zase „na bazénu", si pročtené knihy znovu prolistovala a začala si vypisovat všechny situace, které vedou ke cvaknutí.

Problém byl, že všechno byla jen teorie. Napadlo ji, že by se hodil nějaký spiklenec, který se na vodě vyzná. Začala projíždět kontakty ve svém Samsungu, až narazila na Zuzku.

Zuzka byla kolegyně z práce, ale pracovala ve vedlejším oddělení. Vídaly se jen na chodbách a kromě pozdravu prohodily jen pár zdvořilostních vět, když se náhodou potkaly ve výtahu. Že je Zuzka vodačka, zjistila vlastně náhodou. Jednou zůstala v pátek v práci poslední a zjevně nervozní ředitel ji objevil právě na odchodu. Byla doba letních dovolených a Zuzka se z té své měla vrátit až v pondělí, jenže její hlavní klient si v pátek odpoledne vzpomněl, že potřebuje v projektu provést změny a musí to mít do druhého dne. Firemní politika velela se v takovém případě vrátit z dovolené dřív, klient byl nade vše, ale tentokrát to nešlo. Je prý na vodě v Rakousku. Asi by si tuhle informaci ani nepamatovala, kdyby pro ni voda díky Pavlově posedlosti neměla v její mysli zvláštní šuplík.

Lída měla na víkend už plán, ale protože jí ředitel slíbil náhradou dva dny volna, nakonec svolila, že zaskočí a bude pracovat v sobotu. Takže jí Zuzka vlastně něco dlužila.

„Ty jsi vodačka, viď?" zeptala se jí, když se asi za týden zase potkaly ve výtahu cestou do svých kanclů. Zuzka přikývla.

„To jsem," a očividně zbystřila, protože to byla jejich první osobnější komunikace.

„Mohla bych tě o něco požádat? Dala bys mi vodáckou konzultaci? Třeba někdy po práci v tý kavárně naproti, zvu tě," vysvětlila Lída svůj náhlý zájem.

„Jo, ráda, chystáš se na vodu?"

„Bohužel," přitakala Lída a hned ji napadlo, že tohle asi před vodačkou říkat neměla. „Vysvětlím ti to pak," mávla rukou.

„Dneska mám basket, ale zítra po práci by to šlo," nabídla Zuzka.

Dveře výtahu se otevřely.

„Tak příjemnej den a ahoj zítra," zamířila Lída ke svému kanclu s rýsovacím prknem.

Kavárna byla malá a útulná a zadní stěnu salonku zdobily police plné knih. Každá židle byla jiná a v rohu stála dokonce pohovka, u ní malý skleněný stolek a staré křeslo se starobylou stojanovou lampou. Tam se Zuzka s Lídou uvelebily, objednaly kafe a Zuzka se na Lídu tázavě podívala.

„Tak povídej," vyzvala ji.

„Zapomněl někdy tvůj chlap na vaše výročí?"

„My to neslavíme," zasmála se, „ale kdysi mi na tom taky záleželo." Zamyslela se. „Jo, počítám, že asi jo." dodala.

„Ten můj zapomíná pořád," svěřila se Lída. „A mně to hrozně vadí. Tak jsem si řekla, že mu to vštípím tak, aby to už nezapomněl."

„On je Pavel náruživej vodák. Tak jsem si řekla, že nejlíp si bude pamatovat, když se za jedinej den cvakne tolikrát, jako nikdy předtím, a nejspíš ani potom. Přesně devětkrát. Máme totiž výročí devátýho srpna."

Zuzka se zasmála.

„No ty seš teda číslo, promiň."

„Myslíš, že je to dobrej nápad?"

Na chvilku se zamyslela. „Jestli je takovej vodák, jak říkáš, tak na to do smrti nezapomene. No teda. To je krutý. Z vodáckýho hlediska, myslím," znovu se zasmála.

„Pomůžeš mi?"

Zuzka odpověděla bez zaváhání.

„No to si piš. Takovou srandu si nenechám ujít. Ale mám jednu podmínku. Chci u toho bejt!"

Lída se zaradovala. Bude mít pomoc přímo na místě! To si ani netroufla plánovat, původně chtěla jen poradit. *Když se do toho jednou pustíš,* blesklo jí hlavou, *celej svět ti půjde naproti. Brian Tracy měl pravdu.*

Lída Zuzce vylíčila svůj plán.

„Musím ho cvaknout za den devětkrát, ale tak, aby nepoznal, že to dělám schválně. Myslíš, že to půjde?"

„Jo. Může bejt dobrej jak chce, ale když uděláš chybu v tu

správnou chvíli, nemá šanci. Akorát ty chyby nesmíš moc opakovat, jinak mu to dojde. Kolikrát jsi byla na vodě?"

„Ani jednou," přiznala Lída.

„To je dobrý," odtušila Zuzka, „jako začátečnici ti to nejspíš zbaští."

Lída jí přečetla svůj seznam, vypsaný z vodáckých knih.

„Jo, to je dobrý, pár chyb ještě vymyslíme," zhodnotila Zuzka výsledky jejího průzkumu. „Musíme jich vymyslet co nejvíc, abys pokud možno nemusela žádnou opakovat," zamyslela se. „Ale neboj, cvakla jsem se už tolikrát, že to už celkem umím," zasmála se.

„Můžeš vystoupit v místě, kde je hluboko," začala vypočítávat. „Chytnout se vrbiček v blbou chvíli, najet na šutr, kterej vidíš jenom ty, najet špatně do proudu… I když, to jsem byla na kormidle já. Neva, je toho ještě dost," odtušila. Evidentně ji to bavilo.

Lída poslouchala a začínala věřit, že to klapne. Vytáhla notýsek a začala si psát poznámky.

„No vážně, hele," líčil vzrušeně Páťa Párovi. „Stal se zázrak."

„No dyť to taky trvalo," poznamenal Pára. „Seš s ní už – jak dlouho, pět let?" Zakroutil hlavou. „Bylo načase."

Seděli spolu ve vodáckém klubu Válec za sokolovnou s Riegrových sadech, jako vždycky po „bazénu" dávali „zdravotní" pivo po tréningu.

Strop pokrývala maskáčová síť, nad barem se skvěla obrácená dřevěná kánoe a na stěnách visely fotky kajakářů skákajících menší i větší vodopády.

„Hele, tobě to řeknu. Já už jsem normálně přemejšlel nad tím, že poruším vlastní zásadu a vezmu si ji i tak," podíval se na Páru. „Vzpomínáš, jak jsem vždycky říkal, že si nevezmu holku, co se mnou nebyla aspoň třikrát na vodě? A vona ani jednou… No děs. Fakt dilema. A vidíš, všechno se nakonec vyřeší. Já su tak šťastné…" zadeklamoval.

„A na to se napijem," pozvedl Pára jiskřící půllitr.

Páťa byl vodácké dítě. Poprvé ho vzali rodiče, oba náruživí trampové, na vodu v šesti letech. Voda pro něj byla středobod jeho života, bez kterého si ho vůbec nedokázal představit. Poprvé kormidloval kánoi v devíti a ve čtrnácti přibral kajak. Jak zahlídl vodu, koukal, jak by to jel, a bylo jedno, zda je to horský potok, nebo jen dešťová stružka.

Dávno věděl, že na vodě se každý „svlíkne". Proto tvrdil, že člověka nikdy nepoznáš úplně, nejedeš-li s ním vodu. Z toho pramenily i jeho pravidla pro partnerské soužití.

Ve srovnání s ním „čuchla" Zuzka k vodě poměrně pozdě. Ve třiadvaceti. Zato jí okamžitě propadla. To byli lidé, mezi kterýma chtěla žít a mít přátele. Mezi lidmi, co pro vás klidně skočí pod jez. Od té doby její dosavadní cestování dostalo novou dimenzi. Začala ven jezdit ZA řekami.

Telefonát Vildy ji zastihl na konci fronty v supermarketu. Vykašlala se na frontu a odtlačila vozík do rohu, kde byl větší klid. Potkali se loni na výročním potlachu Vildovy hudební osady Fešná parta, kam ji přitáhl kamarád. A Vilda ji pozval na osadní Fešnou vodu.

„Tak tu Fešnou vodu jedem první víkend červenci, jestli ještě chceš jet…"

„To víš, že jo, díky za echo." Zuzka najednou dostala nápad. „Hele, a mohla bych s sebou vzít kamarády? Je to jedna posádka, on je zkušenej vodák a ona jede poprvé," navrhla.

„No, já beru děti a jedeme Lužnici, tam by se snesla i celá nezkušená posádka, takže proč ne?"

Zuzka v duchu zajásala. Napadlo jí ještě něco. „Hele, Lužnice, tam se ti asi moc lidí necvakne, co?" zeptala se. „Neříkals na potlachu, že předáváte pokaždý nějakou placku tomu, kdo se nejvíckrát cvakne?"

„Jo, máme placku pro Cvakálka," potvrdil Vilda.

„Hele, tak to ti na oplátku zajistím kandidáta, jakýho jsi

možná ještě neměl." Takhle se to pěkně vyšperkovalo... Lída bude mít radost.

„Budu se těšit," usmál se do telefonu Vilda. Nevyzvídal, měl zjevně smysl pro tajemství a rád se nechával překvapit.

Doma Zuzka zamířila ke kalendáři. *Teda...* Musela se nahlas zasmát. *No tý to vychází. Ta má ale štígro. Hned druhý den Fešné vody je devátého!*

Začátkem léta se sešly na vyhlíce na VýLetné a Zuzka jí dala znovu „nalejvárnu". Byl to dlouhý seznam věcí, které dělají háčci a vedou ke cvaknutí lodi.

Spát šla s pocitem hráče, který právě hodinu v kuse skládal kostičky Tetrisu do dokonalé zdi bez jediné mezery.

Páťa neměl námitky. O legendární muzikantské Fešné vodě už slyšel a byl rád, že se tam podívá. Netušil, že to má být voda, na jakou do smrti nezapomene...

Osmého července odpoledne naložili batohy do auta a vyrazili na Třeboň. Muziku do auta přinesla Lída s tím, že je to její nový objev a Páťa nabízenou kazetu Devítky s povděkem přijal. Měl pocit, že Lída konečně po těch letech plně přijala jeho svět. „Laserové" triko s potenciálně nezapomenutelnou číslicí zatím číhalo v jejím batohu na zítřek.

Muzikanti z *party* se sjížděli pomalu. Každý bydlel na jiném konci republiky, ale na společných akcích se skoro vždycky sešli všichni. Když byli pohromadě konečně aspoň tři, vytáhli kytary a hospoda U Jezárka v Suchdole se rozezněla léty sezpívanými vícehlasy.

Když kolem sedmé přišli první, hospodský je informoval, že v deset zavírá. Hodinu po desáté se tvářil, že žádná zavíračka nikdy neexistovala, a když netočil pivo, stál opřený ve dveřích a poslouchal.

Stany stavěli v půl kilometru vzdáleném kempu ve dvě ráno, pár lidí sebou jen tak pláclo na louku pod širák.

Páťa se kupodivu o něco podobného ani nepokusil.

Už od Prahy byl jako med a všemožně se snažil, aby Lídě nic nechybělo. Stan postavil úplně sám potmě, protože čelovku nechal velkodušně Lídě, aby se mohla zatím hrabat ve svém batohu. Nafoukl obě „samonafukovačky" a vyrobil Lídě i malý polštářek z pytlíku na matraci a smotku náhradního oblečení.

Lída usnula znavena večerem, jakmile zalezla do spacáku, a na brouky a pavouky si ani nevzpomněla.

Tělesné potřeby ji probudily kolem páté ráno. Vyhrabala se ze stanu, právě začínalo svítat. Nad řekou se válel jemný opar a tráva byla tak orosená, že udělala tři kroky a měla boty mokré. Přesto se vydala k řece a kupodivu jí to ani moc nevadilo.

Řeka tiše šuměla a rychlostí vycházkové chůze se vlnila budící se krajinou, ve vesnici štěkl pes, ve statku za vodou se ozval kohout a od stanů zaznělo chrochtnutí ze spánku. Lída v tu chvíli zapomněla na chystající se drama a strnula poprvé o samotě s řekou. Stála nad ní snad dvacet minut a jen vnímala to ospalé ticho a rodící se den.

Pak se do ní dal chlad a zalezla zpátky do stanu ještě něco naspat.

Ráno posedávali kolem stolků u kiosku a tam je našla i „otvíračka" a Karel Hloušek, když přivezl z půjčovny lodě.

Leckdo už měl loďáky a barely zabalené a z futrálů se zase vylíhly dvě kytary a zahájily ranní „mejdan".

Ale Vilda měl dění a osadu pod kontrolou, byl přirozená autorita. Když zavelel „za půl hodiny odjezd", všichni mrkli na hodinky a domluvili se na posledních třech písních. Pak kytary zabalili a začali přenášet půjčené lodě k vodě. Lída vybalila nové tričko s devítkou, ale Páťa si toho ani nevšiml. To ji nepřekvapovalo, byl ve svém živlu a žil jen tím. Aspoň nemusela čelit všetečným otázkám a mohla si v duchu opakovat seznam, který už dávno uměla zpaměti: „kmen, borty, hloubka..."

Přišlo nasedání do lodí. Páťa měl špičku lodě vytaženou na břeh. Sedl si na kormidlo a řekl Lídě, ať nastoupí do lodi. Pod ním už bylo asi půl metru vody. Lída ucítila první šanci. Už při nastupování ostatních si všimla vratkého kamene u břehu a schválně k němu zamířila. Šlápla na něj tak, aby se pod ní zakýval a ona se musela opřít o kraj lodě. Pro ještě lepší dojem přitom vyjekla. Páťa to nečekal. Zafungovaly jeho instinkty a ohnul se v pase na opačnou stranu lodě, ale nebylo mu to nic platné a vypadl z lodě do vody. Všichni se na něj otočili a vzbudil všeobecné veselí. Vilda na Zuzku kývl a usmál se. Už tušil, kdo bude ten „kandidát" na placku. Břehuláček jako předkrm...

„To nic, to se stane," smál se i Páťa, když lezl z vody. Evidentně se rozhodl, že Lídě nedá najevo, jak mu všeobecné veselí „pocuchalo vodácký kohoutek". Dva kluci z party mu přiskočili na pomoc s vylitím lodě a kýl pleskl dutě o hladinu. Lída to celé pozorovala a do ničeho se nemíchala. „Promiň," usmála se na něj tak, že by v tu chvíli odpustil i ďáblovi. „Pozor na ten šutr," řekl jí celkem zbytečně znovu usazen na zádi. Lída věděla. Neopakovat dvakrát. Usadila se a nechala se šoupnout na vodu.

Od první chvíle měla dojem, že to bude lehčí, než si myslela. Loď byla neuvěřitelně vratká. Stačilo poposednout trochu ke kraji a jeden bok se ocitl výrazně výš, než druhý. „Sedni si doprostřed," řekl jí Páťa, když to zkusila. Lída poslechla. Bylo moc brzy. Jeden zářez už má...

Přesně jak jí řekla Zuzka, kus za kempem se řeka začala kroutit a po stranách byly semtam husté keře, které sahaly větvemi místy až půldruhého metru do řeky. V prvních zatáčkách vědecky odhadla, že proud teče většinou při vnějším břehu a Páťa pádlující nalevo má v pádle menší sílu, když zahýbá doprava.

Až doteď hladinu řeky pádlem spíš jen hladila, ale v další zatáčce doprava, když cítila, že Páťa má do ní menší rezervu než obvykle a nalevo jsou husté vrbičky, naoko zpanikařila a zabrala tak silně, jak to jen dokázala. Dostala je tím pod ně. Chytla se té nejsilnější, která ji slibovala unést, a nechala se napůl vytáhnout z lodi, která jela svou rychlostí a vrbičky ji nijak nezpomalily. Páťa s lodí pokračoval přídí pod větve a neškodné pádlo už jen držel naštorc před sebou, marně si chráníc obličej. Pak ho zachytila silnější větev a taky vytáhla z lodi. Nohama ji přitom nechca otočil dnem vzhůru, jak se snažil dohánět záklon.

Lída se nejdřív křečovitě držela větví a čekala na záchranu, ale když viděla, že Páťa se sem ze břehu stejně nedostane, začala po větvích ručkovat po proudu, který naštěstí nebyl příliš silný. Když se dostala k Páťovi, už vyléval z lodi poslední litry. Zkušeně si vytáhl jeden konec lodi na břeh a druhým kýval nahoru a dolů.

„Jsi v pořádku?" staral se. „Musel jsem chytat loď a věci," dodal omluvně.

Lídou proběhl znovu zrádcovský pocit. Ale když usedla do lodi, zatvrdila se. *Dva,* řekla si v duchu.

Netrvalo ani deset minut a cítila, že Páťa přestal pádlovat a přehrabuje se v pytlíku. Zavřel ho a natáhl se pod svou sedačku pro flašku vody. Lída cítila, že se loď dost naklonila na jednu stranu, jak se snažil dosáhnout co nejdál. Teď…

„Neblbni, zvrhneš to!" vyhrkla v hrané panice a chytila se bortů.

Bylo to rychlé. Páťa byl zrovna pod sedačku ohnutý až na doraz a nebyl schopen rychle reagovat. Kýl lodi znovu ukázal nebi své letité cucfleky od šutrů.

Tři… Ale musím zvolnit. Věděla, že není hloupý. Zatím to vypadalo, že nemá ani stín podezření. Ale až ho to napadne, mohl by si to dát dohromady rychle. Na druhou stranu, Zuzka jí varovala, že bude mít čas asi jen pět hodin a je to pádlování na klidné vodě, takže nesmí vynechat žádnou příležitost.

Tři jsou na začátek tak akorát, uklidnila se, ale zůstávala ve střehu a všímala si všeho, co by se jí mohlo hodit.

Po dvaceti minutách už jí „sekat dobrotu" přestalo bavit a řekla si, že další příležitosti využije. „Musím na malou," prohlásil po chvíli Páťa a rozhlížel se, kde by šlo vystoupit na břeh. Ale jako na potvoru byly přehy všude vysoké, nebo pod nimi bylo bahno. „Zkusím to támhle," řekl a zamířil k ústí slepého ramene. Přirazil ke břehu, suverénně se v lodi postavil a začal se škrábat na břeh.

Lída si v hlavě bleskově projížděla seznam vodáckých chyb. Pohled jí sjel na pravou stranu, kde už byla, byť půl metru od břehu, docela hloubka. „Jdu taky," prohodila a než stihl Páťa cokoli říct, chytla se bortů a vytrčila pravou nohu k výstupu nad hloubku. „Tam ne, tam je h… uááá!" zařval nedůstojně Páťa, když pod ním loď ujela a pak udělala půlobrat kolem osy kýlu, zatížena Lídou, vystoupivší na hloubce.

„Promiň, to dno vypadalo daleko blíž…" tvářila se Lída provinile.

„To voda dělá, že opticky zmenšuje vzdálenosti!" otráveně konstatoval Páťa a z hustého bahna se škrabal na padlý kmen.

Věděla to už od základní školy, jako každý, ale nemohla dopustit, aby ji odhalil, takže mlčela.

V zátočině se po chvíli objevila příď Vildovy lodě. „Všechno v pořádku?" nedal nic najevo, ale zjevně se bavil.

„Jo, Lída vystoupila do hloubky, jinak dobrý…" uvazoval Páťa do vylité lodi poslední loďák a soukal se na kormidlo.

Najít v Lužnici velký kámen bylo téměř vyloučené. Ale někde čouhaly ze dna větve či pařezy a některé končily těsně pod hladinou, a tak to Lída zkusila s nimi. Napoprvé se napohled pevná větev jen ohnula a pohladila dno, ale napodruhé to vyšlo. Příď po pařezu vyjela do výšky a když se kánoe převážila na jednu stranu, Lída jí pomohla a poposedla si na sedátku úplně doleva. Zafungovalo to a číslo pět bylo na světě.

Šestka se naskytla, když se čekalo na poslední posádku na prosluněné tůňce a strhla se cákaná pádly. Lodě se přitom kývaly a když Páťa cákl obzvlášť silně a na chvilku přitom ztratil rovnováhu, Lída znovu rychle sjela až na kraj sedačky a ještě se trochu vyklonila, jako by chtěla taky cáknout. Loď provedla spolehlivě další půlobrat.

Lídě už místy začínala být ve stále mokrém oblečení zima, ale pevné odhodlání jí vůbec nedovolilo, aby si to připustila. Zatnula zuby a vyhlížela další příležitost.

K sedmičce pomohla Lídě Zuzka. Když vylili loď a bezpečně usazeni čekali na vyplutí, Zuzka na Lídu mrkla. „Chcete odstrčit?"

„Jo, díky," odpověděl Páťa.

Zuzka příď vytaženou na mělčinu nadzvedla a pak strčila loď do vody trochu silněji. Úplně to stačilo. Výsledkem bylo, že zatížená záď s Páťou zajela přímo pod hladinu, přes borty se nahrnula voda, pak se kánoe zádí zarazila o dno a převrátila.

Vilda to už nevydržel. Chvilku si něco šuškal s ostatními z osady, otevřel loďák a hrabal se v něm a pak přiměl Páťu vystoupit na břeh.

„Máme tady takové vyznamenání," podával Páťovi ruku a usmíval se střídavě jako měsíček v úplňku na něj a do tří objektivů. „Ještě není konec vody, ale váš výkon je natolik unikátní, že jsme se rozhodli k předčasnému udělení…" Páťa se usmíval kysele a než si stačil výraz pro fotografy vyladit, bylo po všem. Už byl vepsán do pixelů na kartách vodotěsných Lumixů a Nikonů.

Schoval nechtěnou placku do vodácké kabelky, nasedl a odrazili.

K osmému „zářezu" pomohl Lídě šikmý kmen v zatáčce, kterého si všimla už z dálky a dělala všechno pro to, aby na něm skončili. Nebylo potřeba zvláštních vodáckých dovedností, stačilo zabrat v těch „správných" chvílích. Dno lodi po kmenu vyjelo a oba vyklopilo do Lužnice.

Lída měla skoro hotovo. Teď už to bylo snadné, poslední „zářez" měla naplánovaný. Když první loď z party zamířila ke břehu, na kterém stál kemp Majdalena, otočila se tak, aby si viděli do očí.

„Končíme," odpověděl Páťa na nepoloženou otázku.

Zavrtěla hlavou. „Nekončíme…" a na jeho zmatený pohled dodala: „A víš proč, miláčku? Protože jinak si to, že máme výročí devátého září, nikdy nezapamatuješ," pomalu se otočila zpátky a Páťa konečně poprvé plně pochopil tu obrovskou devítku na jejích zádech, když se chytla oběma rukama bortů a s děsivou pomalostí a neodvratností se víc a víc opírala o levý bort, až loď nabrala první litry. Pak už to šlo rychle…

* * *

Páťa dal počítači povel *vypnout* a chystal se k odchodu z kanceláře.

Dnes chtěl být doma včas. Zastrčil zápisník do brašny, oblékl si mikinu a z vázy vyndal pugét, který koupil o polední pauze.

Pohlédl na zeď nad monitorem, kde se vyjímala velká, malovaná a lakovaná placka pro největšího Cvakálka Fešné vody a pod ní fotka, na které ji od Vildy přebíral mokrý vodník s kyselým úsměvem.

Zasmál se a vyrazil domů.

Jiří Nosek – Pígo

Dědek

Vylezl jsem ze stanu.

Bylo krásné ráno. Nebe bylo čerstvě natřené na modro a punťa svítil, jakoby si spletl Vyšší Brod s republikou Mali. Po noční přeháňce zbyla jen pára, která stoupala z plachet stanů. Kemp ještě spal, ale u čadícího ohně už klečel Dědek a snažil se rozfoukat pár žhavých uhlíků.

„Ahoj… bude pěknej den, co?"

Zvedl ke mně uslzené oči.

„No nazdar," povídám, „ty sis asi pořádně šluknul kouře, co?"

„Ne, jen mi něco vlítlo do oka… Olina mi to vytáhla, ale furt to pálí jak čert."

„Ukaž, já se ti na to…"

„Depák, to by ten můj půldoktor nepřenes' přes srdce, kdyby mě ošetřoval někdo jiný. Už běžela pro lékárnu… Jestli na to máš nervy, za chvíli to tu bude jak v MASHi."

Ohlédl jsem se – od stanu se k nám opravdu hnala půldoktor Olina a v rukou třímala lékárničku zvíci menšího prádelníku.

„Hele, Dědku, já vzala taky ten včerejší chleba a udělám topinky, jo?"

„No, já nevím…" huhlal Dědek mrzutě, „vždyť víš, že já těma svýma zubama ukousnu tak leda jogurt. A co s tím okem?"

„Já na to dám sýr a kečup, to ti bude chutnat. A lacrysin…"

„Co to je, proboha? Zas nějaký exotický koření?"

„Ne, to je na to oko. Účinná látka hydroxypropylmetylcellulosum, dávkování šest miligramů," promluvila z Oliny laborantka z Ikemu.

Vjela Dědkovi rukou do vlasů, škubla a strhla mu hlavu dozadu, až mu křuplo ve vazu. Dědek se nestačil ani leknout a už měl v oku šest miligramů účinné látky. Hlasitě zaúpěl.

„Srab, jako všichni chlapi," okomentovala to Olina spokojeně.

Dědek si opatrně nasazoval hlavu na původní místo.

„Já tě stejně jednou… děkuju," vydechl.

„Jako by se stalo," odsekla Olina, „a co bude s tím skomírákem? Takhle nestihnem ani večeři."

Dědek se poslušně sklonil k ohni, ale cosi si přitom pobrukoval. Vypadalo to, že se mezi nimi schyluje k obligátní přestřelce, protože Olina obvykle vzplanula rychleji než táborák.

Přinesl jsem vodu, postavil ešus k ohništi a vrátil se do stanu.

„Hani, spíš?"

„Už jsem vzhůru," zakňouralo to ze spacáku, „ale vstávat nebudu. Mám moc práce."

„Ale ale," podivil jsem se, „a co máš tak důležitého na práci?"

„Čekám na snídani…"

Spustil jsem se na karimatku na všechny čtyři.

„A co by to tak mělo být?"

„No přece kakajíčko… a dortíček… a bábovka se šlehačkou…" vrněla Hanka jak kočka.

Při každé položce toho menu jsem se přisunul o pár centimetrů blíž. To se ví, že jako správný kormidelník bych ji měl nemilosrdně vysypat ze spacáku, ale na druhé straně – kde je psáno, že se musí vstávat v osm? Nebo dokonce že se musí vstávat vůbec? Už už jsem natahoval ruku k zipu, když venku zazněl strašný řev. To se probudil Hobo a začal organizovat snídani, což se v jeho podání nebezpečně podobalo vpádu Avarů do vesnice lužické kultury. Tím pádem bylo, aspoň pro tuhle chvíli, po idyle.

Hanka se vymrštila jak na péro a rozcuchané světlé vlasy se jí rozprostřely kolem hlavy jako svatozář. Byla to prostě hezká holka, nejhezčí v partě, a u takové se i lenost jeví jako roztomilost!

„To takhle řve každé ráno?"

„No, to je zkrátka Hobousák, drsnej man. Tvrďák. Tedy dokud Dáša nesvraští obočí. V tu chvíli je z tvrďáka huspenina."

„Dáša se mi líbí," usmála se Hanka, „ale… to pořád tak mlčí? Mně řekla jen *ahoj* a nebýt toho, tak bych si myslela, že je němá."

„No, je taková málomluvná…"

„Třeba je to jenom tím, že ji Hobousák s Dědkem nepustí ke slovu," uvažovala Hanka. „Páni, včera v tom vlaku! Tak ukecanou dvojku jsem jaktěživ neviděla."

„Zatímco já…" řekl jsem v očekávání pochvaly.

„No, pustil's je ke slovu, to se musí nechat. Asi dvakrát."

„No jo, ale pokaždé na hodinu!" bránil jsem se. „Hele, tak budeš vstávat, nebo ti mám pomoct?!"

Okamžitě sebou plácla na karimatku a byly z ní vidět jen smějící se oči.

„Zkus to!"

Když jsme konečně vylezli ze stanu, kempem už voněly topinky a čaj v kotlíku vesele bublal. Dědek už zase slezl, tentokrát ale smíchy, a Hobousák křepčil kolem ohně jakýsi divošský tanec a cucal si prsty. Chtěl vytáhnout kotlík z ohně a ve své zbrklosti si namočil prsty do vařící vody.

Olina zas pádila pro lékárničku a z druhého stanu se honem štrachala Dáša, a tvářila se, jako by celý ten rumrajch byl jen předehrou pohřbu.

„Hele, Hobo," chechtal se Dědek, „nejsi už trochu velkej na to, aby sis cumlal palec?"

Olina se přihnala se svou skládací nemocnicí a začala ji rozkládat u ohně.

„Pojď sem a neječ!" poručila přísně, „a vyndej ten palec z pusy! Chlapi," roztesknila se, „co by z vás bylo, kdyby se vás neujala nějaká ženská? Celý život jste úplní kojenci!"

„Já ne, prosím," hlásil se Dědek jako malý žáček, „já už jsem odstavenej! Už jsem si, prosím, zvykl na flašku!"

„Tak abych ti ji neodvykla!" broukla Olina, „a ty se nevrť!" obořila se na Hobousáka, který se kroutil bolestí pod její rabijátskou péčí. „Tak, a je to. Akorát nesmíš tři dny do vody," dodala zlomyslně.

Podíval jsem se na Hanku, vypadala dost vykuleně. Možná, napadlo mě, že zvyknout si na tuhle partu nebude pro ni tak jednoduché...

Stáhli jsme barely k řece, kde se od včerejška vyvalovaly naše lodě, tak, jak jsme je večer s Dědkem přivlekli z nádraží.

„Tak tahle je naše," řekl jsem hrdě, „Kráva!"

„Kráva? A proč?"

„Počkej, až ji budeme přenášet přes nějakej jez. Já ji koupil z druhý nebo snad sedmý ruky a bylo na ní sto záplat. Abych nepřeháněl – devadesát devět. Obrousil jsem ji a od špičky k zádi olaminoval. Jenže poněkud ztěžkla, takže je jak..."

„Já se přenášení nebojím," řekla Hanka klidně, „vy to s Dědkem určitě zvládnete, a kdyby ne, Olina vám pomůže. Jistě má v lékárničce taky kýlní pás."

To mě uzemnilo. Ale Hanička mi věnovala tak upřímně modrý pohled, že jsem byl ochoten přenášet i Titanic.

„Tak pojď, Kravičko, a hezky nás nes..." opatrně sestoupila do vody, položila pádlo přes borty (kdy jsem jí to vysvětlil?) a nastoupila. Zavrtěla se na sedačce – „ Jů, ono se to kejvá víc, než jsem myslela!"

„Nechytej se bortů!"

„Čeho?"

„Bortů! Tohohle... boků."

„Jo ták... Ale ty to vždycky srovnáš, ne?"

Na to se nedalo slušně odpovědět. Na to se nedalo odpovědět vůbec!

„Maminko moje zlatá," bědovala Hanka a rozkývala loď, až mi připadalo, že to dělá schválně, „ty's mi vždycky říkala – děvče, chraň si, co máš nejdražšího! Máš to jen jednou... Kdepak by mě napadlo, že jde o suchou občanku! A co mám dělat s tím veslem?"

„To je pádlo!" zavyl jsem, „a nedělej s ním nic, až ti řeknu!"

„Ale já ti ráda pomůžu," řekla Hanka a horlivě hrábla pádlem, div že nezvrhla loď.

Zvládl jsem to jen tak tak. Asi jsem tentokrát něco řekl, protože se po mně zvědavě ohlédla.

„To je zvláštní," poznamenala s bohorovným klidem, „neříkal jsi, že se vodák nemá chytat bortů?"

Na okamžik jsem měl pocit, že je zrzavá, ale to jsem měl asi jen rudo před očima.

„Haničko, sluníčko," nutil jsem se do klidu, „nedělej nic. Vždyť jsme ti včera ve vlaku ukazovali, co je to záběr a přitažení..."

„Jen klid," odbyla mě, „já jsem náhodou už na vodě byla. Na vejšce jsme na zápočet z tělocviku museli sjet ten retardér u Modřan. Na pálavě, ale to snad není takovej rozdíl, ne?"

„Takže ty mě jen tak taháš za nos? Ty jsi ale potvora," řekl jsem procítěně.

„Já jen chtěla vědět, jestli to nervově zvládneš. Teda – žádná sláva. Ale správnej kormidelník má prej být tyran. Tak řiď a nekecej mi do háčkování. Můžu ti říkat Tyrane?"

Odrazili jsme od břehu a otočili se do proudu. Z boku se k nám přitočil Dědek. Vyjel už před chvílí, ale opožďoval se. Olina musela napřed uložit lékárničku a teď zase lovila foťák.

„Ty máš kliku, holka, že nejste manželé," zubil se Dědek na Hanku.

„Proč?"

„Když je háček manželka, má mít na zádech vestu proseknutou od pádla."

„Surovče! Teď ses odkopal," pronesla Olina s hlubokým despektem, „a máš utrum! K obědu budeš mít čistý kyslík. Haničko, nedej se! Vidíš to? Každej chlap umí dvě věci – řídit loď a zeměkouli. A podle toho to na světě i na vodě vypadá!"

Dědek se nadechl – a teď přestal pádlovat i on. Museli si to s Olinou jaksepatří vysvětlit!

Pro samé dohadování se opožďovali víc a víc, až zůstali beznadějně pozadu. Hanka dlouze a plynule zabírala – bylo znát, že ten zápočet nedostala zadarmo. Po chvíli jsme dohonili Hobousáka s Dášou.

„Kde jste nechali Dědka?"

„Vypadá to, že přistanou a poperou se," řekla Hanka a zdálo se, že se toho fakt obává.

„Jen klid," chlácholil jsem ji honem, „to oni jen tak… ono by je to jinak ani nebavilo, kdyby se nemohli poštěkat. A přitom on na ní úplně visí!"

„Ona na něm taky," promluvila znenadání Dáša.

Hanka se na ni překvapeně podívala.

„Fí ha," udělala, a po chvíli „ale… mezi nima je velkej rozdíl, ne? Myslím věkově."

„Přímo generační," zachechtal se Hobousák, „ale to nevíš to hlavní! Dědek je zombie! Jednou, za temné noci, se zvedne a odejde do koupelny. Vezme břitvu, připlíží se k posteli – a šmik!"

„Br!" otřásla se Hanka, „takové pitomosti nemáš říkat ani ze srandy!"

„Ale je to frajer. Já bych ho brala hned," řekla Dáša a po očku se dívala na Hoba, co on na to. On na to nic a Dáša se tvářila zklamaně.

Chvíli bylo ticho a pak to Hanka zkusila znovu.

„Naše loď se jmenuje Kráva, víš to?"

Dáša se jen stydlivě usmála a už zase mlčela.

„A vaše?"

„Zvrhlík!" zařičel Hobo, „nejzvrhlejší zvrhlík ze všech zvrhlíků!"

„To se k tobě docela hodí," poznamenala Hanka neviňouce a vysloužila si od Dáši další zářivý úsměv.

Hobo nabral pádlem vodu a pokusil se Hanku pocákat, ale dosáhl jen toho, že si Zvrhlík málem zvýšil skóre.

„Já tě...!" a Hobousák to zkoušel znovu a znovu, Hanka mu to oplácela a lodě se kymácely jak opilci v metru.

„Zelené mládí," huboval Dědek, který nás díky těm bláznům dohonil a Hanka ho ohodila od hlavy až k patě, „počkejte, až budete v peřejích, tam vás to přejde. Budete se hanebně topit a zoufale chytat kolem plovoucích špuntů a petlahví... Což mi připomíná, Hobo, že jsme ti svěřili klubovou flašku."

Hobousák se chvíli hrabal pod sedačkou a pak mu podal objemnou lahev s nápisem Johnsonův univerzální protijed – After shock!

„Já ti to snad dám do kapačky, aby's pořád nežebral," zavzdychala Olina, „ale když už jsi ji vysomroval, tak ji pošli dokola. Začni ode mě."

Přestali jsme pádlovat a srazili lodě k sobě do soulodí. Jen tak jsme udržovali směr... Háčkové pohodlně zalehli na bagáži...

Dědek cvakl zapalovačem a nad vodou zavoněl nikotin...

„Zas musíš kouřit..." zamumlala Olina a natáhla k Dědkovi ruku. Dědek jí vložil cigaretu mezi prsty, Olina dvakrát potáhla a zase mu ji vrátila.

„Ty kouříš?" podivila se Hanka.

„No, já jen aby tolik nevyhulil..." zrozpačitěla Olina.

„Tak to jo," řekla Hanka neviňoučce, „ty by's za něj i dejchala!"

Vypadalo, že Hanka do party dokonale zapadne!

„Sdílené neřesti upevňují mezilidské vztahy," ušklíbl se na ni Dědek, „zkus si to. Vem si od Toma lahev a řekni nám, jaký to je."

Podal jsem Hance láhev. Ochutnávala tmavou tekutinu dost nedůvěřivě.

„Brr, to je síla!" otřásla se, „toho vypít víc, tak jsem na mraky! Co to je?"

„Energetický nápoj, aby to mělo kalorie, rum, aby to mělo říz," řekl Hobo pyšně, „kapka fernetu, aby to mělo šmak, a kvůli vůni zbytek tý sračky odminula."

„To's tam měl dát taky ty oční kapky," zabručel Dědek.

„Hydroxypropylmetylcellulosum," vytrhla se Olina ze snění o bůhvíčem a divila se, co je na tom k smíchu.

Řeka se pomalu vlekla a přímo nabádala k lenosti. Pádla spokojeně osychala a háčkové si lebedili… Hobousákův elixír viditelně oslaboval všechny životní funkce.

I kormidelníci jen tak šimrali vodu…

„A Dědku, jak se jmenuje tvoje loď?" protrhla ticho Hanka.

Dědek okamžitě ožil. Moci hrábnout do bezedné studnice vzpomínek a zkušeností, to bylo jeho.

„Jó, to je dlouhá historie. Za dávných časů, když se ještě mohly posílat lodě vlakem, musela mít každá loď číslo. Když neměla, tak ho v Braníku hodná paní ajznboňáková připsala křídou a bylo. Seví, cestou se to smazalo, ale stejně si každej loď vykládal raděj sám, aby mu ji nepotloukli. Jenže potom vyšel opruzovací výnos ministerstva dopravy, že číslo musí být nesmazatelnou barvou. Tak jsem dumal, co tam napsat, aby to neměl nikdo jiný, a vydumal jsem tři celé čtrnáct, Rudolfovo číslo. To nemá nikdo."

„Ludolfovo," broukla Hanka, ale Dědek nebyl k zadržení.

„A pak jsme jeli Lužnici. V Lomnici sedíme u piva a nějakej hastrmánek se mě ptá, přesně jako ty, jak se má loď jmenuje. Jméno nemá, povídám, ale protože číslo má pí…"

Hobo přímo zavyl smíchy a vykřikl slovo, které nás napadlo snad všechny.

„Ale pánové!" řekla Hanka káravě, ačkoliv se smála taky.

„… Piraňa," dokončil Dědek klidně.

„To sis vymyslel," vyjela Olina, „tohle jsem ještě neslyšela. Hani, nevěř mu. Kdyby bylo po jeho, tak by to byla Marta. Nebo Martička, že jo?!"

Obrátila se na nás a žalovala:

„Já si říkala – nebudu přece žárlit na ňákou holku z obrazovky, tak jsem mu koupila k vánocům cédéčko. A víte, že on si to pouští denně, pořád kolem dokola? Vždyť to už musí umět zpaměti! Kdyby mu vypadl zvuk, mohl by ji klidně dabovat!"

„A koho?" nechápala Hanka.

Dědek se bojovně vztyčil.

„Zatáhni za sebou plachtu, ženo, a mlč!" zahřměl, „klidně mi sahej na konto, leč nikoli na Martu Vančurovou! Toť můj veliký idol, největší platonická láska! Vždyť kvůli ní jsem platonicky opustil i Sofii Loren!"

„…která to, chudák, dodneška neobrečela!" nenechala si vzít Olina poslední slovo.

Dědek se zatvářil ublíženě a natáhl se po láhvi. Elixír patrně zmáhal už i jeho, protože se mu podařilo Piraňu pořádně rozkývat.

„Já vím, že mě chceš utopit," poznamenala Olina, „ale nebude ti to nic platný. Martička už je vdaná!"

„Tak to má smůlu," smečoval Dědek, „protože já, jak tak na to koukám, budu brzo k mání!" a znovu Piraňu rozkýval, jak se uveleboval.

„Už abychom byli v kempu," zatoužila Olina, „nebo se po tom Hobousákově lektvaru utopíme jak štěňata."

Dědek zabral a souloď se rozpadla.

„Tak panstvo, račte se zvedat," povzdychl si, „támhle je Herbertov… se vsadím, že šlajsna bude zavřená. A taky že jo. Budem přetahovat!"

A voda nás nesla dál a dál, léto vonělo smolou a senem, slunce pálilo, Dědek řečnil, Dáša mlčela a Olina se těšila, jak se třeba někdo těžce zraní a ona bude ošetřovat...

Do Krumlova jsme dorazili teprve třetí den.

Jez Na rechlích jsme přetáhli bez problémů, Lyra byla taky bez ztráty kytičky – i když schod na konci nenápadné propusti je docela zrádný – a mé šance na obraz machra v Haniččiných očích stoupaly. Jenže ještě byl před námi Mrázkův mlýn!

V době, o které vyprávím, ještě nebyl u levého břehu retardér a jezdívalo se šlajsnou přímo pod kostelem, a to byla mrcha! V kilometráži byla označená křížkem jako nesjízdná a hned vedle bylo doporučení protáhnout lodě raději Myší dírou.

Samozřejmě, velká část vodáků si to chtěla užít, ale většina z nich se přitom zvrhla. Člověk vodácký si tam připadal jak gladiátor vstupující do arény plné lvů, protože hned naproti byl most, obsazený diváky, kteří každou katastrofu kvitovali pochvalným řevem. Obvykle se dočkali.

Lodě se ukázněně řadily před propustí.

Dědek vstal a obhlížel situaci.

„Kluci," řekl, a znělo to docela vážně, „tahle šlajsna vynáší hodně doprava. Držte se těsně u hřebenu jezu a zahněte hned za kozou doleva. Olino, musíš mi hodně přitáhnout, slyšíte, holky?"

„A co," uryla Olina neuctivě, „tak se cvaknem, no. Je teplo."

Jenže když šlajsnu uviděla, ztratila odvahu. Dáša se k ní přidala a tak si vystoupily, a že na nás budou čekat dole. Jen Hanka hýřila odvahou, až mě z ní mrazilo.

Lodě padaly do propusti jedna za druhou, z mostu se ozýval pochvalný křik, a my jsme se pomalu dostávali na řadu.

„Tome, pojedeš nebo..." stačil říct Dědek, ale Hobo už bojovně zavyl a hrnul se dopředu. Zabočil do propusti, nad kozou se objevila Hobova hlava, zmizela – a chvíli nato se ozvalo jeho vítězné zaječení. Na mostě vládlo otrávené ticho.

„No, a má to za sebou," řekl Dědek, „dej mu chvíli, Tome, ať stačí přistát, kdybys potřeboval… a jeď! Já budu sbírat padlé."

Polkl jsem.

„Hani," řekl jsem prosebně, „nechceš si přeci jen vystoupit?"

„Ani za nic! Ty to dáš, ne?"

Teď už jsem ani nepolkl, protože jsem měl v puse úplně sucho.

Ploužil jsem se podél jezu a zabočil ostře doleva hned za kozou.

Dno lodi drncalo o desku propusti, loď se kymácela ze strany na stranu a proud nás vynášel k pravé straně… ale to už jsme se zhoupli na konci desky. A vzápětí se příď zabodla do válce pod jezem! Přes špičku se převalila voda, Hanka ztratila rovnováhu a svalila se na záda na podlážku. Vykvíkla leknutím, ale vlastně to bylo nejlepší, co mohla udělat. Odlehčená příď se zvedla a kánoe se elegantně vyhoupla na hřeben vlny. My to snad sjeli! blesklo mi hlavou.

Docela se mi ulevilo. Teď ještě přirazit… Na dně se převalovalo na deset čísel vody, loď se zmítala z boku na bok a dala se řídit jen s obtížemi. Hanka se hrabala zpátky na sedačku a k mému překvapení se smála na celé kolo.

„Jupí! To bylo jak v akčním filmu! Ale mám celý záda mokrý, tos udělal schválně!"

Přirazili jsme vedle Hoba, který zápasil s hektolitrem vody ve Zvrhlíkovi. Dáša mu snaživě překážela a rozpačitě se usmívala.

„Tak ještě Dědek!" povykoval Hobo, „dávej na něj bacha, na velmistra. Jestli taky nabere."

Viděli jsme, jak Dědek najíždí k šlajsně, ale místo aby odbočil, jel dál.

„Co to tam vyvádí?" mhouřil oči Hobo.

Nad šlajsnou se objevila se cizí loď. Teprve teď Dědek odbočil – chce jim dát přednost, napadlo mě – jenže on místo toho najednou zabral a obě lodi vletěly do propusti najednou.

Okamžik jely bok po boku, Dědek na nebezpečné pravé straně, a cizí loď ho nemilosrdně vytlačovala ke zdi. Dědek se snažil uhnout, pádlo kolem něj kmitalo jak větrný mlýn, ale pro dvě lodi tam místo prostě nebylo.

Piraňa škrtla o kozu, převrátila se a na slunci se zalesklo její dno s velikým nápisem SOS. Cizí loď projela v poslední chvíli.

„A doprdele!" vyjekl Hobo, „holky, držte lodě!".

Vběhli jsme do vody a brodili se v prudkém proudu.

Převrácená loď se objevovala a zase mizela v peřeji, ale Dědek zmizel.

Kolem nás se mihla cizí loď, dívka na přídi se vylekaně ohlížela a kormidelník něco volal, ale nebylo mu rozumět. Hobo jen mávl velitelsky rukou, ať jedou dál a nezaclánějí.

Za chvíli už držel Piraňu a já pomáhal Olině, která se brodila za námi, a proud jí podrazil nohy.

„Dědek!" lapala po dechu, „ježišmarjá, kde je Dědek?"

Pořád ho nebylo vidět. A vteřiny utíkaly a každá se zdála být hodinou! Ohlédl jsem se po Hobovi; ale ten měl plné ruce práce s převrácenou Pirani.

Najednou se Dědek objevil.

Zvedl se z vody, hned zase zmizel, pak se na okamžik objevil na stejném místě, a teprve až po delší době vyplaval a nechal se unášet proudem k nám. Později nám vyprávěl, že pod vodou uvízl mezi kameny, zazmatkoval, a když se pokoušel zvednout, zatlačil ho proud nazpátek. Teprve napotřetí se mu podařilo vzepřít na rukou a uvolnit uvězněné nohy.

Když jsme mu pomohli vstát, vypadal, jako kdyby projel mlýnkem na maso. Pohmožděné břicho hrálo všemi barvami a z nohou tekla krev. Lapal po dechu, jako by se dusil.

Spíš jsme ho vynesli než vyvedli na břeh a posadili. A Olina byla tak vyděšená, že zapomněla i na lékárničku, hladila Dědka s nečekanou něhou po mokrých vlasech a plačtivě posmrkávala. Kolem nás se vytvořil kroužek zvědavců.

Dědek se statečně přemáhal, pokoušel se usmívat, ale zuby mu cvakaly a po celém těle se třásl jak v zimnici.

„Já ohřeju ten Hobousákův elixír! To ti pomůže!" napadlo Olinu. Hnala se k bagáži a rozhazovala kolem sebe promočené svršky, až někde ze dna barelu vykutala miniaturní lihový vařič a roztřesenýma rukama lámala jednu sirku za druhou.

Hobo konečně vyvlekl Dědkovu loď na břeh.

Odstrčil od nás zvědavce a šel rovnou k věci: „Ty vole, co jste to tam magořili?"

Něco takového jako účastné porozumění se ovšem od tvrďáka nedalo čekat ani výjimečně.

Dědek si třel pohmožděné břicho a sykal bolestí. Ohlédl se po Olině.

„No, jen tak mezi náma – víte, kdo byl v té druhé lodi?" zajektal a zatvářil se tajuplně – „Marta Vančurová! To byla nádhera – metr ode mne!"

Nevěřícně jsme na něj zírali.

„No, asi jo," řekla Hanka pomalu, „já ji vlastně taky viděla, jak jeli kolem… jo, byla to ona! A kvůli tomu… vždyť ses málem…" žasla.

Dědek frajersky pohodil hlavou.

Najednou vedle něj stanula Olina jako bůh pomsty, a z očí jí sršely blesky. Něco zaslechla, zbytek si domyslila. Vrazila Dědkovi do ruky hrnek s kouřícím lektvarem a zasyčela:

„Tak tohle si vypiješ!"

Nezdálo se, že by měla na mysli jen ten svařák.

Tomáš Daněk

Neukázněná babička

„No mamko, uznej trošku… Copak je normální ve tvým věku jezdit na inlinech a lézt po skalách? A to už vůbec nemluvím o hodinách těch lechtivej tanců… Bachatu a salsu tancujou dvacítky, když balej kluky. A ne padesátnice…" „Padesát mi bude až příští rok…" namítla jsem s úsměvem. „Ale s tím tancováním máš pravdu, dobře se při tom balí chlapi."

Mrkla jsem na snachu. Bez reakce. Jen se zavrtěla a stáhla si sukýnku níž pod kolena. „Nejsi hlídací babička, my víme," povzdechla si a otočila se na mého syna: „Proč zrovna my musíme mít tak děsnou rodinu? Kámoškám se o jejich děti maminy přetahujou… Mají je třeba měsíc na chatě." Pozvedla obočí a kývla směrem ke mně. „Ani tu chatu nemáš." Pokrčila nosík, hodila hřívou a opřela ramínka o svou životní oporu – mého syna. Významně na něj upřela pohled s podtextem *tak řekni něco*. Správně odhadl důležitost okamžiku a nasadil starostlivý výraz. *Je po mně*, blesklo mi hlavou. „Jana má pravdu. Kdyby sis koupila chatu, stačila by nějaká malá… Mohla by sis na ní brát vnoučata, užívat si klidu alespoň o víkendu, když jsi v týdnu tak děsně aktivní…" Odmlčel se, hledal slova.

Vyměnili si pohledy. *Asi teď přitlačí na pilu. Co třeba nějaké emoce? Na ty bych mohla zabrat…* „Dobrá, mami. Proč nežít aktivně i ve stáří… Alespoň máš pohyb." Usmál se. „Ale na takové chatičce bys ho měla taky. A kdyby byla se zahrádkou…

Nemusela bys kupovat pořád ty svoje bio potraviny. Klidně bys je mohla pěstovat sama. Pro sebe i vnoučata."

Zarazil se. Došlo mu, že tohle nezabere. „No tak, mamko, Eliška je s tebou tak ráda. O nikom jiným tak nadšeně nemluví... Já tedy nevim, co spolu děláte, ale pamatuju si na svoje dětství," rozsvítily se mu oči. „Je fakt, že jsme si ho užili." Snacha ho zmrazila pohledem.

„No... Chtěl jsem říct... ehm... byl bych moc rád, kdyby Eliška s tebou mohla o prázdninách prožít alespoň kousek toho, co já..." zvážněl.

Zatvářila jsem se vážně. Jedná se o vážnou situaci. Alespoň z pohledu těch dvou, čerstvých rodičů, kteří ze všeho nejvíc touží ráno si přispat, večer nehlídat čas a v noci se milovat bez neustálého odbíhání do dětského pokojíčku po každém hlasitějším projevu lásky...

Jak já jim rozumím. Není to tak dávno, co jsem přestala sledovat mobil, dělat taxikáře z lidušky na trénink karate a překládat obsah nákupního košíku do igelitek, lednic a hrnců.

Poslední z mých tří dětí teprve nedávno vylétlo z hnízda. A já, kvočna domácí, se zavrtěla, načechrala peříčka a protáhla křídla. Že bych nekroužila jen okolo svého kurníku a podívala se za plot dvorku? Popolétla o hřad dále? A klofla občas nějakého kohoutka? Jen tak, pro radost ze života? Proč ne? V křídlech mám síly dost, peří občas trochu přibarvuji dohněda a zobáček už po dvacetiletém manželství celkem držet umím... Ještě že už skončilo. Díky bohu za tu oplácanou brunetku...

Z mého filozofování mě vytrhl hlas syna. „No tak, mamko, netvař se tak vědecky... Ten víkend by se nám opravdu dost hodil..." Zamrkal a ve tvářích se mu udělaly dolíčky. Stejné, jako má Eliška. Zastesklo se mi po ní. Kohouti ze sousedství počkají. Ale křídla nesložím. Vyletíme si za hranice našeho dvorečku spolu. Příští rok už půjde do školy, je čas na dámskou jízdu.

„Který je to víkend?" zeptala jsem se.

„Příští," usmál se.

Plánovala jsem, že pojedu s kamarády na Vltavu. Už mám zarezervovanou kánoi... Ale co, stejně zatím nemám háčka... A Eliška už pádlo udrží.

„Dobře. V pátek mám volno, vyzvedla bych si Elišku už ve čtvrtek odpoledne."

Takovou odpověď mladí nečekali. Nadšeně přikývli s vidinou volného čtvrtečního večera.

„Zabalte jí spacák, karimatku, náhradní oblečení a boty do vody. Stan, loď, vestu a pádlo mám."

Otevřeli ústa. „Cože?"

„Potřebujete hlídání?" mrkla jsem na oba překvapené pohledy. „Tak ve čtvrtek v pět malou přebírám a v neděli večer v pořádku vracím. Bohatší o krásné zážitky s babičkou."

Eliška pobíhá před půjčovnou lodí, oblečená pouze do plovací vesty. Bosá, špinavá, v jedné ruce nedojedený rohlík od snídaně, v druhé pádlo, větší než ona sama. Ale z ruky ho nedá, je důležitý háček. A ten, jak je známo, nesmí dát pádlo z ruky.

„Elí," volám do davu, kde zrovna malá copatá hlavička vykukuje z raftu, plného rozesmátých Holanďanů. Očividně netuší, co je to jazyková bariéra. „Poběž, už máme kánoi. Můžeme se nalodit, plavčíku."

„Jé, taky máme modrou!" hodnotí odborným okem. „Jako všichni kolem. I sud máme stejnej jako ostatní. Jak poznáme, že je tahle kánoe naše?"

„Správný vodák vždycky najde svou loď, to si pamatuj. I v noci. Tomu se říká vodácká intuice," poučuji s úsměvem.

Přikývne a už skáče na přední lavičku. Sud, dítě i pádlo mám, můžeme odrazit od břehu.

„Ahoooj!" pokřikuje Eliška na všechno kolem. Máme za sebou první šlajsnu, zadrhnutí na mělčině i rybářův vlasec.

Ten jsme sice chvilku rozmotávali z copánků, ale prut jsme poctivě vrátily.

„Mamča bude koukat, až jí povím, že už umím čůrat z lodi," culí se Eliška. A začne si prozpěvovat. Za chvilku už dáváme jeden šlágr za druhým. Občas se k nám připojí nějaká loď a soulodíme. Většinou se podaří Elišce během chvilky vyprovokovat lodní bitvu a létající mokrá houba mezi vodáky nešetří na nikom nit suchou. Je to prima den, pomyslím si. Až bude další hospůdka, doplníme palivo – kofolu a pivo. Dvě černý, jak se naučila Eliška objednávat.

Voda se zklidnila, čeká nás nekonečný volej. Eliška je unavená, žmoulá si očička a navrhuje: „Než dáme kofolu, udělám si ve špičce domeček, jo? A poviš mi nějakou pohádku?" A už si pod sebou roztahuje svojí karimatku. Z mé modré karimatky udělám stříšku a ona během chvilky, celá schovaná ve špičce lodi, usíná. Ani se nedozvěděla, jak to dopadlo s těmi rusalkami...

Trošku se zatahují mraky, poprchává. Z Elišky není vidět ani kousek, jak se zakutala do svého nového pelíšku. Ani kapička deště se k ní nedostane. Když nadzvednu karimatku, zahlédnu dvě umolousané bosé ťapky.

Hospůdka na dohled! Mám ji vzbudit? Jsem hned zpátky, jen doběhnu pro pití. Je tady spousta lodí. Přirazím ke břehu mezi další modré plasťačky. Ti vodáci se snad klonují! A lodě s nimi.

Nebyla jsem pryč ani deset minut. Tedy to dítě má spaní, zazáviděla jsem. Šíbují tu s loděmi jako na nádraží a ona se ani nevzbudí. Modrá karimatka, co ji zakrývá, se ani nepohnula. Dám láhev s kofolou do lodi a pádluji směrem k jezu. Už se těším, jak si ho užijeme.

„Elí, broučku, vstávej. Bude klouzačka," překřikuji hluk vody valící se pod jezem. Karimatka se ani nehne. „Haló, vstáváme, háčku. Pádlo do ruky a jdeme si to užít." Ticho. Je asi pořádně utahaná. Nevadí, vzbudím ji až před dalším jezem.

Rozjedu to na jez, špička míří přímo do vodního kohouta. Snad nenaberu vodu. *Asi jsem ji měla vzbudit*, bleskne mi hlavou. Vtom se ozve rána. Loď se nakloní na bok. Kontra! křikne na mě podvědomí. Zaberu víc. Na boku lodi skřípne kámen. No tak! Přeci se ne... V tu chvíli se loď natočila napříč jezu. To ne! Loď se převrací na bok. Voda mi plní ústa, valí se mi přes hlavu divoký proud. Táhne mě od lodi. Snažím se něčeho zachytit. Konečně kameny. Dostávám se nad hladinu. „Eliška!" vykřiknu a chytám loď. Zahlédnu odplouvající sud, karimatku, pádlo... Elišku nevidím. Snad se nezaklínila v lodi?

„Ježíšikriste! Kde je Ela?" vykřiknu, když s ostatními vodáky otočíme loď. Je prázdná. „Měla jsem v ní dítě!" Křičím a jako šílená běhám mezi kameny a mácham rukama ve vodě. „Pomozte mi!" Okolní přihlížející skáčou do jezu.

„Měla vestu?"

„Červenou," vyhrknu.

Vody je po pás, musíme ji někde najít. Běžíme pod jez. Po dítěti ani stopy. Rozhlížím se kolem. Nikde není. Pár metrů ode mě se zaklínil sud, vedle něj plave batoh, lodní pytel, lahve... Po Elišce jako by se voda zavřela.

„Ne!" vykřiknu při té děsivé představě. „Elí! Eliško! Kde jsi? Elí!"

Skupinka kluků prolézá jez, ostatní přináší do lodi moji bagáž. Velký hnědý batoh, lodní pytel...

„Díky moc," zadrmolím. Najednou mi bleskne hlavou: To nejsou moje věci. Mám přeci červený batoh! A lodní pytel nemám! Ty lahve... Nic z toho není moje! Ta loď není moje!

„Kde mám loď? Mám v ní dítě!" vykřiknu.

Dívají se na mě jako na blázna.

Modrá karimatka! Vlezla jsem u hospody do lodi, která měla přikrytou špičku modrou karimatkou! Ale ne do svojí! Moje tedy zůstala u hospody! A v ní Eliška! Projela mnou obrovská úleva a zároveň strach. Ale kde je teď?

„Nechala jsem dítě u hospody! Nehledejte ho tady! Potřebuji rychle k hospodě!" hrnu ze sebe zmatené věty a jen potvrzuji dojmy přítomných – ona zešílela.

Nechávám loď lodí a běžím ke břehu.

„Honem! Potřebuji k hospodě!" Chytám postaršího muže, držícího hnědý promáčený batoh. „Mám tam dítě!"

Chytá mě za ruku. „Jaké dítě? To, co hledáme pod jezem? Uklidněte se. Všechno bude dobrý. Najdeme ji." Mluví na mě jako na blázna. „Klid. Klid, maminko. Už jsme zavolali záchranku i policii. Bude dobře. Všichni ji hledáme." Ukazuje na spoustu lidí ve vodě.

Dochází mi, že touto cestou se k Elišce nedostanu. „Ale ona tady není," hlesnu, oči plné slz. Sesunu se na zem.

„Babí! Babí! Máme nový kamarády!" ozve se z řeky nad jezem. Zahlédnu modrou kánoi se žlutou hlavičkou s copánky na přídi. Mává nad hlavou modrou karimatkou.

„Babí! Ty jsi mě zapomněla u hospody. A odvezla jsi Honzovi jeho loď!" volá, když s ní její nový zadák přiráží ke břehu. A utíkajíc ke mně dodává: „A to jsi říkala, že dobrej vodák si svojí loď vždycky pozná, ne?"

Skočí mi do náruče a šibalsky na mě mrkne: „Máš tu kofolu?"

Zavrtím hlavou: „Utopila jsem ji." Rozbrečím se.

Pevně přitiskne svůj obličejík na mou uslzenou tvář: „Ty jsi se cvakla? Kvůli tomu se ale nebrečí, ne?"

Monika Kleinová

Rusalka a Vodák

Tiše tekoucí řeka se pomalu halí do nastupujícího soumraku. Začíná ta zvláštní chvíle, kdy se den pomalu, jakoby neochotně, mění na noc. Doba, kdy většina běžných vodáků už dávno sedí v kempech u piva nebo jiných zdraví škodlivých nápojů. Nad vodou se prohání mraky komárů a je slyšet kvákání žab. Pak do ticha, rušeného pouze zvuky přírody, zazní rytmické šplouchání a v ohbí řeky se objeví loď.

V oprýskané laminátové kánoi sedí asi čtyřicetiletý chlápek v maskáčových kraťasech a vytahaném pruhovaném triku. Tiše si pohvizduje a pravidelnými plynulými tempy posunuje svůj dopravní prostředek po modré cestě dopředu. Na postu háčka se, místo pohledné dívčiny nebo svalnatého parťáka, válí pouze lodní pytel.

Tvář vodáka zdobí několikadenní tmavé strniště protkané pruhy stříbřité šedi. Černé oči klidně sledují řeku před přídí kánoe a ruce svírající dřevěné pádlo úspornými a zkušenými pohyby směřují loď do míst, kde je největší tah vody. Vodák navíc sleduje oba břehy řeky a vyhlíží místo, kde by bylo možno přistát. Dnes mu zatím štěstí moc nepřálo. Před několika desítkami minut už našel vhodné místo, kde by mohl v klidu přespat, ale vyhmátl ho tam majitel pozemku. Alespoň se takhle sám tituloval ve chvíli, kdy jej poměrně rázně vykázal. Vodák se ho sice snažil přesvědčit, že na místě jen přespí a nezůstanou po něm žádné stopy, ale majitel pozemku byl neoblomný.

„To znám," zvyšoval hlas a na krku mu nabíhala modrá žíla, „po vodácích vždycky zůstává bordel. Koukejte zmizet, nebo volám policii."

Po této výhrůžce už vodák dále nevyjednával, hodil do kánoe svůj lodní pytel a odrazil od břehu. Však ono se najde jiné místo, kde bude moci v klidu složit hlavu. Bohužel se až dosud nenašlo...

Řeka se opět lomí a nastupující tmou se začíná prodírat šum civilizace. Kakofonie hlasů, hudby a dalších zvuků, které tříští romantickou pohodu na řece.

Vodák si tiše povzdechne. Před ním se na pravém břehu rozkládá kemp. Na břehu leží v hromadách desítky a desítky plastových kánoí všech barev a tvarů a mezi nimi několik gumových raftů. Louka je hustě posetá stany, karavany a zaparkovanými vozidly. Jasně svítí několik stánků s občerstvením, z hospody se zahrádkou zní hlasitá reprodukovaná hudba. Všude blikají malé ohníčky a z několika míst je slyšet zvuk kytar, doprovázených zpěvem kolísavé kvality. Vše se slévá do nesrozumitelného šumu.

Vodák přestane pádlovat a rychle zvažuje své možnosti. Za rozsáhlým kempem se nacházel úsek řeky, kde jsou oba břehy hustě lemovány chatovými oblastmi. Možnost, že by se mu podařilo doplout do míst alespoň trochu klidných a najít místo na přespání, než se nad řekou rozprostře naprostá tma, byla minimální.

„Co se dá dělat," potichu si sám brumlá pod vousy, „pro jednou to vydržím."

Pak zamíří kánoi ke břehu a maně si pomyslí, že alespoň jednu výhodu to má. Bude si moci před spaním dát točené pivo.

Dno laminátové kánoe zaskřípá na písku a vodák vyskočí z lodě, přetáhne ji přes mělčinu a pak jí vysune na písčitý břeh. Úmyslně zastaví úplně na začátku kempu, aby byl co nejdále od vyhrávající hospody. I tak začíná stanové městečko jen několik metrů od něj. Vyndá z kánoe svůj lodní pytel a loď pak otočí dnem vzhůru. Než se úplně setmí, má už vedle kánoe rozbalenou karimatku a spací pytel a začíná si na malém plynovém vařiči ohřívat v ešusu večeři. Po celodenním pádlování mu konzervované vepřové maso ve vlastní šťávě chutná jako mana nebeská. Večeři spláchne několika doušky vody z čutory a pak se líným klátivým krokem vydá k místním umývárnám, kde si doplní zásoby vody. Na zpáteční cestě ke svému ležení si v jednom kiosku koupí dva kelímky s pivem. Musí si dávat pořádný pozor, aby všechno donesl v pořádku, neboť všudypřítomné natažené šňůry stanů dělají z cesty překážkovou dráhu. Těsně před svým ležením míjí jeden z malých ohníčků, kolem kterého posedává a postává snad patnáct lidí a jedna mladá dívčina na svém mobilním telefonu přehrává trampské písničky. Vodák se zpola pohrdavě a zpola smutně ušklíbne a pak zmizí z malého světelného kruhu tvořeného ohněm a svítícími čelovkami okolostojících. Přestože poslední metry ke své kánoi jde v naprosté tmě, jeho krok je jistý, jako by šel po široké silnici za bílého dne.

Jeho úšklebek nezůstane bez povšimnutí. U ohně sedí mladá dívčina, štíhlá jako proutek, zářivě rudých vlasů. Sedí mlčky a smutně. Všeobecný hlahol kolem ohně ji nezajímá a možná proto si jediná všimne procházejícího vodáka. I jeho úšklebku, kterému rozumí. I jí připadá dost nevkusné přehrávání vodáckých písní na mobilním telefonu.

Vůbec je z téhle vodácké výpravy zklamaná. Je to její první výlet na vodu a očekávala něco jiného. Dobrodružství na vodě, překonávání překážek, které nastraží řeka. Kamarádskou partu, souznění s ostatními vodáky, společné večery u ohně se zpěvem a kytarou. Nic z toho nedostala.

Celá jejich parta, složená ze spolužáků, se po řece sunula na velkých nafukovacích raftech, které je takřka nemožné převrátit. Člověk nemusí umět pádlovat, nemusí umět číst vodu, prostě jen tak jede. Nehrozí, že by se mohl převrhnout, a tak se posádka celý den odává holdování alkoholu. Ne že by ona alkohol striktně odmítala. Ale stav jejích spolužáků na raftu se nedal nazvat jinak, než že byli všichni našrot. První večer pak ani neseděli u ohně, ale v hlučné hospodě, kde vyhrávala z reproduktorů Lady Gaga tak nahlas, že normální konverzace nebyla vůbec možná. Jako poslední kapku pak vnímala to, že ve stanu musela dlouze a příkře odmítat milostné návrhy silně podnapilého a vtíravého spolužáka.

Druhý den nebyl o nic lepší a spotřeba alkoholu na raftech spíše stoupala. Večer v kempu sice nakonec rozdělali oheň, ale jen proto, že v místní restauraci byla hlava na hlavě. Kytaru nikdo neměl, a tak napadlo spolužačku přehrávat písně na mobilním telefonu. Vodácké a trampské písně, které ona tak ráda poslouchala, však zněly z přístroje plechově a tak nějak nepatřičně.

Dívku překvapí a zaujme, že vodák zamířil k řece, až na kraj kempu. V těch místech nevidí žádné stany, je tam jen tma a samota. Chvíli přemýšlí a nakonec vstane a pomalu se vydá ve vodáckých stopách. Nikdo ze spolužáků si jejího odchodu nevšímá.

Jde pomaličku, a jak se blíží k řece a její oči si zvykají na tmu, rozeznává na břehu obrácenou kánoi. Na zemi vedle ní sedí neznámý vodák, koukaje na řeku.

Vodák s rozkoší usrkne další doušek piva a sleduje hladinu řeky, která občas slabě zasvětélkuje odrazem hvězd. Snaží se vnímat jen zurčení vody, ale nedaří se mu z hlavy vytěsnit všeobecný hluk z kempu. Dopije první pivo, začne druhé a v hlavě si promítá zítřejší trasu. Nesmí nic podcenit a včas si najít nějaké klidné přespání. Druhou noc v kempu by asi nepřežil.

Klidné rozjímání přeruší slabé šustění trávy a pak nesmělý dívčí hlas.

„Ahoj."

Ohlédne se a proti světlu, linoucímu se z kempu, spatří siluetu ženy. Spíš dívky, opraví se v duchu. Do obličeje jí nevidí, ale předpokládá, že je z partičky sedící u nejbližšího ohně. Od něj zrovna začne plechově znít reprodukovaná Vodácká holka. Vodák se úplně otřese, ale pak dívčinu také pozdraví.

„Můžu si přisednout?" opatrně se zeptá neznámá.

Vodák by nejraději zůstal sám, ale je slušně vychován. Navíc se mu zdálo, že v dívčině hlase slyší podivný smutek.

„Samozřejmě. Jen si sedni," posune se na kraj karimatky.

Dívka si sedne vedle něj a pak se zeptá: „Kouříš?" a natáhne k němu ruku s krabičkou.

Vodák zavrtí hlavou a pak si uvědomí, že ho asi nevidí, a tak stručně poděkuje a odmítne.

Ozve se škrtání kamínku zapalovače a pak plamínek na chvíli ozáří obličej neznámé. Konec cigarety rudě zazáří, plamínek zhasne a ukryje obličej dívky do tmy.

Vodák však má její podobu stále před očima. Pravidelný oválný obličej, malý nosík a plné rty. A velké smutné oči. Je to skutečně krásná dívka, odhadem asi dvacetiletá. Klidně by mohla být mou dcerou, pomyslí si vodák a dlouhým douškem dopíjí pivo.

Sedí vedle sebe mlčky, cigareta vždy slabě zazáří, když dívka potáhne. Když dokouří, tak necvrnkne špaček do řeky, jak vodák očekává. Udusí nedopalek o zem a strčí jej zpátky do krabičky. Touhle zdánlivou maličkostí stoupne neznámá dívčina ve vodákových očích v ceně. On sám byl dlouhá léta kuřákem a přestal kouřit víceméně kvůli tomu, že na dlouhých vodáckých výpravách nevěděl, co s nedopalky. A házet je do řeky mu přišlo jako svatokrádež.

„Nechceš napít?" protrhne ticho dívka a šťouchne vodáka do lokte placatkou. „Mám becherovku," dodá.

Zrovna tenhle nápoj není vodákův oblíbený, ale hlas dívky zní tak smutně, že mu jí najednou je líto.

„Díky," pronese, a pak už si hořký nápoj propaluje cestu do jeho útrob.

Když jí placatku vrací, jejich prsty se na chvíli dotknou. Má je studené a vodák se najednou cítí hloupě a provinile.

„Máš nějaké jméno, tajemná rusalko?" zeptá se, aby znovu nenastalo trapné ticho.

„Rusalko?" pobaveně zazní její hlas. „Sice jsem Maruška, ale klidně mi tak můžeš říkat."

„Je to hezké," dodá a v jejím hlase je opět slyšet smutek.

„Já jsem Jirka. Ale kamarádi mi říkají jednoduše Vodák."

Rusalka se krátce zasměje. „To může být na vodě docela zavádějící."

„To jo."

Pak se oba odmlčí. Ale už to není trapné ticho. Je to klidné ticho, kdy si dva lidé vychutnávají krásu zurčení vody a záři hvězd. A také velký měsíc, který právě vyjde zpoza mraků a protrhá tmu.

Vodák a Rusalka tak už nejsou jen dvě nezřetelné postavy ve tmě, ale vzájemně si vidí do obličeje.

„Netrápí tě něco?" opatrně se zeptá Vodák.

Rusalka po chvilkovém váhání začíná pomalu vyprávět. Co všechno od téhle výpravy čekala a čeho se jí dostalo.

„Prostě ta voda není to, co jsem čekala," zakončí.

Vodák nesouhlasně zamává rukama.

„Existuje i jiná voda. Záleží jen na tobě, jak to pojmeš."

A začne jí vyprávět, jak si vodu užívá on. Jezdí sám nebo jen s malou partičkou kamarádů. Pokud to jen trochu jde, vybírá si pro vodáky méně atraktivní řeky. Přes den pije jen vodu a pouze občas si v nějaké hospůdce u řeky dá pivo. Nocuje výhradně mimo kempy, takříkajíc nadivoko a řeku opouští, teprve když už se začíná stmívat. Na vodu vyráží hned brzo ráno, když ještě většina vodáků spí.

„Což mi připomíná ještě jednu přezdívku, kterou mě občas nazývají," usmívá se. „Přízrak."

„Majdooo!!!" zazní od nedalekého ohně opilé zvolání. „Nevykecávej se tam s tím staříkem a pojď se bavit."

Rusalka se na Vodáka smutně zakouká, jako by mu říkala – vidíš to. Pak pomalu vstane, a než se otočí, pronese: „Tak ahoj." A zmizí ve tmě.

Vodák se zamyšleně zavrtá co spacáku a položí na karimatku. Pak vleže na zádech sleduje hvězdy. Jsou jich vidět miliardy, obloha je najednou prostá mraků. Dnes v noci nezmoknu, pomyslí si, než odpluje do říše snů.

Noční obloha začíná pomalu blednout a konečně utichá i soustavný hluk z kempu. Padající rosa vlhčí Vodákovu zarostlou tvář. Několikrát se víčka zachvějí a pak doširoka odhalí černé oči. Vodák pořádně zívne a protáhne si ruce nad hlavou, až mu zakřupe v kloubech. Pomalu se vysouká ze spacáku a opláchne si obličej v řece. Rychle si odskočí do nedalekých umýváren, provede ranní hygienu a pak chvatně balí své věci do lodního pytle. Chce vyrazit z kempu co nejdříve. Snídani si dá až někde na nějakém klidnějším místě. Převrátí loď, usadí pytel na svém místě a pak se sehne a začne loď spouštět na vodu.

„Ahoj," ozve se tichý hlas za jeho zády.

Překvapeně se otočí a kouká na štíhlou dívčinu. Poprvé ji vidí pořádně za světla a znova je překvapen její krásou a… mládím.

„Ahoj Rusalko," pozdraví a pak se zarazí, když vidí, že ona drží v rukách sbalený spací pytel, pádlo, a na zádech má malý batoh.

Ona, vida jeho zkoumavý pohled, nesměle, ale také trucovitě pohodí rameny.

„Chtěla bych jet s tebou. Poznat vodu i z té jiné strany," pronese tiše, ale pevně.

Na jeho výmluvný pohled směrem ke stanům v pozadí zareaguje rychlým vysvětlením.

„Nechala jsem jim ve stanu vzkaz. Že jedu dál se svým novým kamarádem."

Větu zakončí opatrně, jakoby tázavě.

Vodák rychle přemýšlí, hledá důvody, proč ji nevzít sebou, a také způsob, jak ji co nejšetrněji odmítnout a nějak jí to vysvětlit.

Její smutné oči jej celou dobu sledují, jakoby věděly, co se mu honí hlavou. Nechce ho prosit, ale její oči říkají vše.

„Ale co," pomalu pronese Vodák. „Už jsi někdy jela v kánoi?"

„Ještě ne."

Vodák mlčky přendá svůj lodní pytel doprostřed lodi a vedle něj usadí Rusalčin batůžek a spacák. Pak ukáže na přední sedadlo.

„Nasedej. Já tě spustím na vodu. Pokud se ti bude zdát, že se to moc houpe, tak roztáhni nohy a zapři se koleny o borty."

Rusalka se usadí na místě a Vodák pomalu spustí loď na vodu a na poslední chvíli naskočí a usadí se na svém místě. Kánoe se trochu rozhoupá, ale Rusalka neodhodí pádlo a nechytne se rukama bortů, jak Vodák očekával.

Možná to nakonec nebude tak zlé, pomyslí si Vodák, a pak záběrem svého pádla nasměruje loď do proudu.

„Kde se ti líp pádluje? Nalevo nebo napravo?" zeptá se.

„No, asi spíš nalevo," pomalu odvětí dívka a pak cvičně zabere.

Trochu moc prudce, a tak rozhoupá celou loď. Vodák však zkušeně vyvažuje a nezapomene Rusalku pochválit.

Ta se na něj otočí a počastuje jej úsměvem, pod kterým taje železo a pukají skály. Sice přitom opět rozhoupe loď tak, že se málem převrátí, ale to Vodákovi nevadí.

Plují dále a Rusalka se každým máchnutím pádla zlepšuje. Hladově poslouchá rady, jak správně zabírat, jak kontrovat, odkopnout nebo naopak přitáhnout.

Proud řeky se zrychluje a za ohybem je slyšet šumění peřeje.

„Před námi je peřej," upozorní Vodák Rusalku, „připrav se. Není nijak hrozná, ale je to peřej."

Rusalka se až zatetelí radostí. Konečně zažívá to, co chtěla. Příjemnou radost a strach z toho, co ji čeká.

Pak kánoe vletí do peřeje. U levého břehu je proud nejprudší a voda tu divoce víří. Vodák však ví, že je tu dostatečná hloubka a směřuje loď tam. Lodí to hází, sprška vody skrápí nadšeně pištícího háčka, což vyloudí úsměv na tváři šedivého zadáka. Pak už je loď zase na klidné vodě, a Rusalka se otáčí a celá září štěstím.

„To bylo báječný. Super. Perfektní," nadšeně povykuje.

Bílé tílko, které má na sobě, po spršce vody poněkud zprůhlední, a tak má Vodák možnost poznat, že podprsenka rozhodně nepatří do vodácké výbavy jeho háčka. Prosvítající malé bradavky naženou červeň do jeho tváří, ale Rusalka si toho nevšímá. Otáčí se zpátky a pádluje tak, až ji musí Vodák krotit.

Po pár minutách stáčí Vodák loď ke břehu a na vyhlédnutém místě kotví. Pak rychle na vařiči připraví čaj, namaže chleba paštikou a snídaně pro dva je připravená.

Rusalka běžně snídá jen müsli a jogurt, ale nyní si nadšeně pochutnává a spokojeně se usmívá.

Slunce už začíná pálit, a tak na chvilku zaběhne za křoví, a pak se vrátí oděná jen do malinkých bikin. Při pohledu na ni se Vodák málem zadusí posledním kouskem chleba.

Opět vyráží na cestu a tentokrát nespěchají. Vodák jen pomalu pádluje a střídavě kopíruje levý a pravý břeh, aby tak byli co nejvíce ve stínu. Rusalka leží na přídi kánoe a nastavuje své tělo slunci. Občas je míjí lodě jiných vodáků. Někteří je zdraví, někteří ne, ale všichni bez skrupulí okukují opalujícího se háčka.

Vodák si musí v duchu přiznat, že ten nebývalý zájem o přední polovinu jeho kánoe mu docela lichotí.

Loď se pomalu prodírá dusnem a zřejmě nekonečným volejem, když tu konečně zdáli zazní povzbudivé šumění vody, ohlašující změnu. Stále hlasitější zvuk neklidné vody probere z letargie i Rusalku, která se na přídi narovná a zvědavě vykukuje dopředu.

„Nějaká peřej?" ptá se, a pak s nadějí vlase dodá: „nebo jez?"

„Je to jez," stvrdí klidně Vodák a pak je zavalen řadou otázek. Je-li nebezpečný, dá-li se sjet a pojedou-li jej oba, nebo jen on na singlu?

„Uvidíme," utne proud slov řinoucích se z dívčiných úst.

„Tenhle jez je dost nevyzpytatelný. Zastavíme a půjdeme ho omrknout."

Rusalka zase začne nadšeně pádlovat a rychlost kánoe se tak zdvojnásobí. Za chvíli už Vodák stáčí příď ke břehu. Oba vystoupí, Vodák vytáhne loď na břeh a pak oba vystoupí na betonový chodníček vedoucí k jezu.

Rusalka fascinovaně sleduje vodu, která mizí v propusti. Není tu žádná šlajsna, jen nevysoký skok. Tři čtvrtě metru, maximálně metr. Voda zde přepadá dost prudce a pod jezem je krátký, ale divoký válec.

„Pojedeme to?" obrací se s nadějí v hlase Rusalka na Vodáka.

Ten se zamyšleně drbe ve vousech. Tenhle jez už několikrát dal. Ale vždycky na singla. Navíc mu přijde voda nějak divoká, přestože není nijak zvlášť vyšší stav vody. Při pohledu na nadšeně se chvějící dívčí tělo v plavkách, vzrušeně pootevřená ústa a velké oči, které jej sledují, se rozhoduje.

„Jedeme," pronese pevně a vydá se k lodi.

Rusalka ho rychle předběhne a její oblý zadeček v plavkách nadšeně poskakuje, až Vodáka píchne u srdce. Když se pak Rusalka předkloní a začne spouštět loď na vodu, Vodák raději odvrátí zrak.

Soustřeď se, peskuje se v duchu.

S lodí pak jedou trochu proti proudu, aby si mohli lépe najet a získat vyšší rychlost. Vodák ze sebe chrlí poslední instrukce, Rusalka v očekávání ani nedýchá.

Pak se příď lodě propadá i s poslušně zakloněným háčkem, noří do vody a proráží stěnu vodního válce. Ve chvíli, kdy už jsou skoro za válcem, dostává loď úder zespoda. Čertví proč, zda je tu nějaká zapomenutá traverza, nebo jen zákeřný vracák. Tak či onak, loď se nebezpečně nakloní a překvapená Rusalka padá na bort, čímž dokoná dílo zkázy. Kánoe se překlopí a dívka s poděšeným výkřikem mizí pod vodou. Vodák před ponořením do vody jen pevněji sevře pádlo. Chladivá voda jej sevře do své náruče, pak ucítí náraz a tupou bolest v pravém koleni. Prskaje, vynoří se z vody, třepe hlavou, snažíc se vyklepat vodu z očí, a zoufale sleduje hladinu. V jedné ruce drží pádlo, v druhé převrácenou loď, která jej vleče korytem, ale nikde nevidí rudou záři vlasů svého háčka. Snaží se dosáhnout na dno, ale je tu překvapivá hloubka, a až po chvíli se mu podaří nasměrovat převrácenou loď ke břehu. Jen ji povystrčí, hodí za ní pádlo a rychle se po břehu vrací k jezu. Oči divoce těkají po vlnící se hladině. Nic. Na chvíli se mu zdá, že ve vřící vodě něco zahlédl, ale hned to mizí.

Vodák ještě chvíli hypnotizuje hladinu řeky a pak se rozhlíží kolem. Kolem jezů se vždycky pohybují nějací čumilové, ale teď jako na potvoru nikdo.

Už není nač čekat. Nakonec Vodák udělá to, za co by každému jinému nejraději nafackoval. Vrhá se přímo do vřící vody. Ta se jej hned chápe, cloumá s ním, převrací jej a vláčí. Vodák polyká vodu a možná už i andělíčky, a přitom kolem sebe zoufale šmátrá a snaží se najít a chytit svého háčka. Pak dostane další ránu do už naraženého kolena. Ústa otevřená v bolestivém výkřiku okamžitě zalévá voda.

Začne chrchlat, kuckat, a pak otevře oči. Nad sebou vidí oblohu, ještě zahalenou do ranního oparu. Nadzvedne se a překvapeně rozhlíží. Leží ve svém spacáku, vedle převrácené lodě a několik metrů od něj začíná stanové město. Kemp!

Sen! Byl to jen sen! Vodák se úlevně pousměje a rukou si přejede zpocené čelo. Pak se začíná hrabat ze spacáku. Je na čase co nejrychleji zmizet.

Ranní hygienu už má za sebou, věci sbalené a začíná spouštět loď na vodu.

„Ahoj," ozve se tichý hlas za jeho zády.

Překvapeně se otočí a kouká na štíhlou dívčinu. Poprvé ji vidí pořádně za světla a znova je překvapen její krásou. Strne, když si všimne, že ona drží v rukách sbalený spací pytel, pádlo a na zádech má malý batoh.

„Chtěla bych jet s Tebou. Poznat vodu i z té jiné strany," pronese tiše, ale pevně Rusalka…

Pavel Gregr

Vodácký slovníček

loď a její komponenty:

zadák / kormidelník – sedí vzadu, loď řídí a ve vodáckém mikrosvětě je svrchovaným a absolutním pánem lodi

háček – sedí vpředu a neřídí, takže kromě pohonu lodi má funkci přetahovací, uklízecí a jakoukoli další mu kormidelník přidělí

porcelán – sedí uprostřed, nemá pádlo a veze se

bort / borty – vrchní část boků lodi; kdo se jich chytí v peřeji nebo šlajsně, obvykle se koupe

šprajc – příčná výztuž lodi, ke které se poutá bagáž

špricka / komínek – guma nebo impregnovaná látka, chránící loď proti vlnám, jíž se kanoista či kajakář spojuje se zavřenou lodí do jediné bytosti

koňadra – „koníčkovací" šňůra, sloužící k přetahování lodi

kolejda – podvozek s koly, na kterém lze loď popovézt místo neoblíbeného přenášení

barel / konev / lodní pytel (loďák) – má vodákovy věci ochránit před vodou

druhy záběrů a pohybů lodi:

přitáhnout – pohyb pádlem směrem k lodi, při němž se špička stáčí na stranu, kde háček přitahuje

odlomit – pohyb pádlem směrem od lodi, při němž se špička stáčí na opačnou stanu, než kde má háček pádlo

kontra – pohyb pádlem proti směru lodi, jehož cílem je donutit loď k couvání či zpomalení

traverz – pohyb lodi napříč řekou nejkratší trajektorií od jednoho břehu ke druhému

cvaknout se / udělat se – ukázat dno lodi nebesům a vykoupat se v řece

řeka a její rozmary:
volej – klidná hladina bez zřetelného proudu
šlajsna – část jezu upravená pro sjezd vorů a lodí
retardér / retardačka – šlajsna, v jejímž dně jsou šikmé pláty
    zpomalující vodu
kozy – betonové boky vymezující šlajsnu – to jediné, co vodák
    vidí, když se k ní blíží
zabalák – vysoká vlna se zpětnou rotací na konci některých
    šlajsen
kohout – vysoká vlna
vracák – zpětný proud, vznikající za překážkou v řece nebo
    u břehu
válec – vertikální zpětný proud, zpravidla pod jezem, který
    vrací vodu pod jez

Obsah

Drž hubu a pádluj

Ťukání pádel o boky lodí se mísí s kouřem a zpěvem od večerního ohně a letní lásky i hloupé náhody řádí jako černá ruka.

Nad Ďáblovým ostrovem se právě začala stahovat mračna.

Vyčerpaný vodák táhne loď bažinou. A stmívá se.

Drž hubu a pádluj!

vodácké povídky

· ·

Říční polobozi

Říční polobůh Vydroš skáče pro chmatáky pod jez, černý zabiják zjišťuje, že český jez je nebezpečnější než válka, koncertní mistr objevuje nástrahy vodáckého ladění a démonický patron řeky nachází oddanost až za hrob.

Ve tmě pod Prahou nasranej chlápek právě nastartoval motorovou pilu...

Říční polobozi

vodácké povídky

Vodácké duše
vodácké povídky

Sazba a obálka Jiří Nosek
www.vydaniknihy.cz
Titulní ilustrace: Pavel Talaš
www.patart.cz
Kolorování: Michael Petrus
www.dev-art.cz

Vydalo nakladatelství
Jiří Nosek – KLIKA
v roce 2018 V USA
www.nakladatelstviklika.cz

Vytiskl CreateSpace
Vydání druhé
174 stran
978-80-88298-04-5